苏伊·戴维斯著有

《大卫·莫戈·戈德亨特》

《风暴之子》

《我的世界：避风港试炼》

MINECRAFT
我的世界：避风港试炼

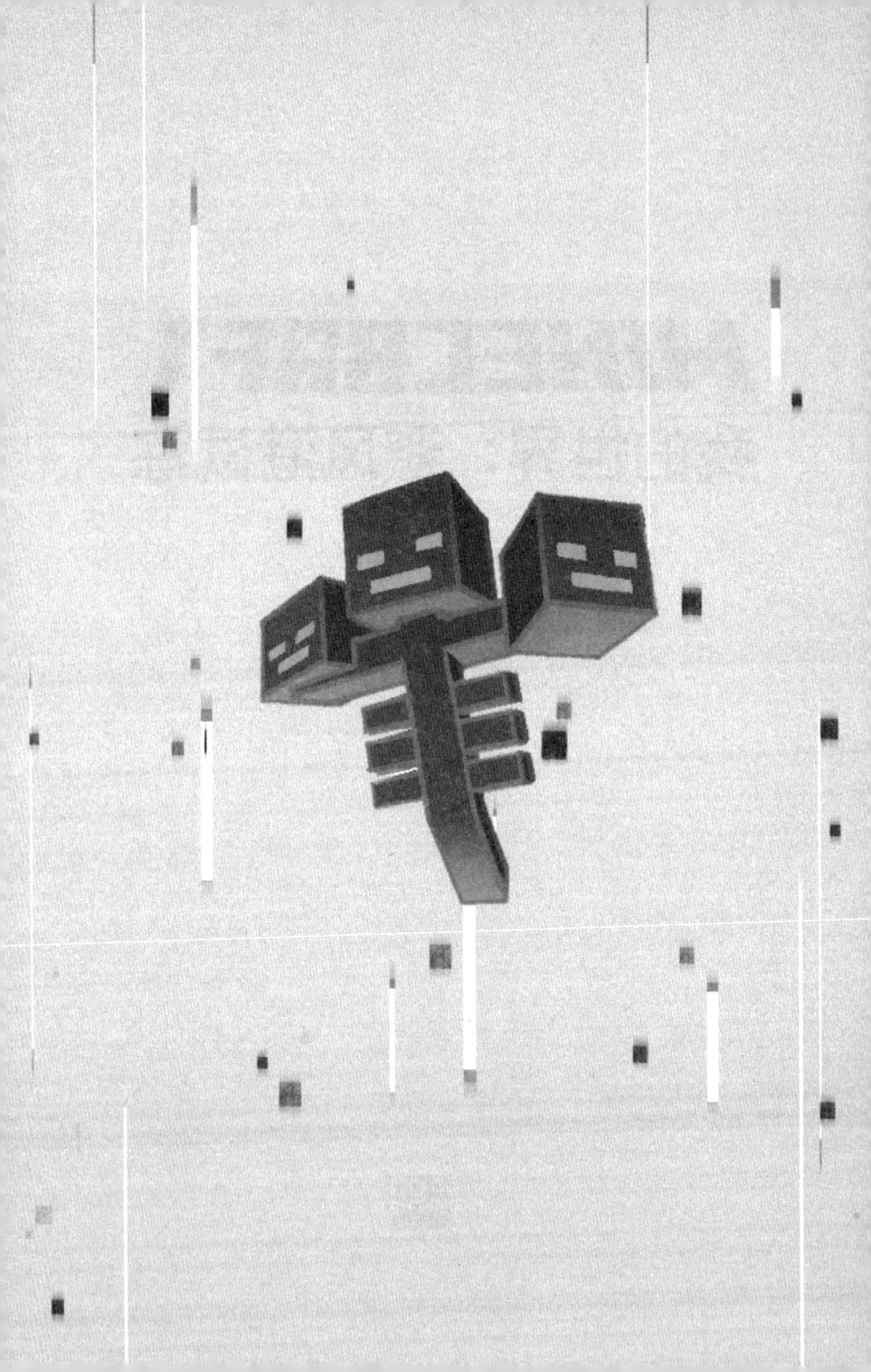

MINECRAFT
我的世界：避风港试炼

童趣出版有限公司编译　人民邮电出版社出版
北　京

图书在版编目（CIP）数据

我的世界：避风港试炼 /（尼日利）苏伊·戴维斯著；童趣出版有限公司编译；肖雨婷译. -- 北京：人民邮电出版社，2022.12
ISBN 978-7-115-60242-8

Ⅰ. ①我… Ⅱ. ①苏… ②童… ③肖… Ⅲ. ①儿童小说－长篇小说－尼日利亚－现代 Ⅳ. ①I437.84

中国版本图书馆CIP数据核字(2022)第189425号

著作权合同登记号　图字：01-2022-3865

Minecraft: The Haven Trials is a work of fiction. Names, places, characters, and incidents either are the product of the author's imagination or are used fictitiously. Any resemblance to actual persons, living or dead, events, or locales is entirely coincidental.
© 2021 Mojang AB. All Rights Reserved. Minecraft, the Minecraft logo, the Mojang Studios logo and the Creeper logo are trademarks of the Microsoft group of companies. Medium form © 2021 Mojang AB. Minecraft, the Minecraft logo, the Mojang Studios logo and the Creeper logo are trademarks of Microsoft Corporation.

本书中文简体字版由大苹果代理公司代理授权童趣出版有限公司、人民邮电出版社出版发行。未经出版者书面许可，对本书的任何部分不得以任何方式或任何手段复制和传播。本书只限于中华人民共和国境内（香港、澳门、台湾地区除外）销售，任何在上述地区以外对本书的销售行为，均构成对权利人的权利侵权行为，应承担相应法律责任。

- 著　　　　：[尼日利亚] 苏伊·戴维斯
- 译　　　　：肖雨婷
- 责任编辑：边二华
- 责任印制：李晓敏
- 封面设计：林昕瑶
- 排版制作：北京汉魂图文设计有限公司

- 编　译：童趣出版有限公司
- 出　版：人民邮电出版社
- 地　址：北京市丰台区成寿寺路 11 号邮电出版大厦（100164）
- 网　址：www.childrenfun.com.cn

- 读者热线：010-81054177
- 经销电话：010-81054120

- 印　　刷：北京华联印刷有限公司
- 开　　本：889 × 1194 1/32
- 印　　张：7.25
- 字　　数：230 千字
- 版　　次：2022 年 12 月第 1 版　2023 年 10 月第 2 次印刷
- 书　　号：ISBN 978-7-115-60242-8
- 定　　价：59.00 元

版权所有，侵权必究。如发现质量问题，请直接联系读者服务部：010-81054177。

致逆境中相知相伴的朋友：

感谢你们教会我的一切。

第一部分

突然的搬家

第一章

"我们要搬走了。"

消息是深夜发来的,准确说是0时01分,而茜茜莉娅(家人和朋友亲切地叫她"茜茜")早上醒来才看到这条消息。平板电脑的屏幕还亮着,但茜茜却陷入沉思:为什么特芮斯非要等到自己睡着了才发来消息?特芮斯是茜茜最好的朋友,茜茜很爱她。在茜茜的眼中,特芮斯是永远不会抛下自己离开的。

然而事实就这样摆在了眼前。"我们要搬走了。"短短一句话却让人深深失望。

茜茜跳下床,冲向阿爸阿妈的卧室。

"他们要搬走了!他们要搬走了!"她直接撞开了卧室的门。

那天是周六,所以阿爸阿妈都还穿着睡衣,躺在床上没有起来。他们被茜茜吓了一大跳。

"哎,哎。"阿爸应着。虽然有时候也会被叫作"老爸",

我的世界：避风港试炼

但他还是坚持让茜茜用传统约鲁巴语①里的"阿爸"来称呼自己。"大早上的，怎么就开始大呼小叫了？"

"我们不是说好了，进房间之前要敲门，不记得了吗？"阿妈问道。偶尔，茜茜也会叫她"老妈"。

"没忘，没忘。好啦，一会儿再数落我吧，"茜茜说，"但我们现在得赶紧出门。"

"为什么呢？"阿爸问道。

"因为特芮斯一家要搬走了！如果不立刻出发，我就来不及和她道别了！"

可是阿爸阿妈就像两台迟迟不能开机的电脑，费了好一阵工夫才开始正常运行。他们觉得，这么早就让茜茜一个人出门不太合适，但又禁不住她软磨硬泡，只得答应与女儿一同前往。阿爸阿妈身上的睡衣还没换下，就被茜茜用手拖着，一路拽出家门，跌进寒冷的早晨里。茜茜自己也还穿着居家用的拖鞋，但是谁会在意这些呢？重要的是，特芮斯要走了啊！茜茜满心满脑想的都是再不出发，就见不到特芮斯了。

茜茜所在的宝石海岸社区位于拉各斯的一座小岛上。整片街区才刚刚苏醒，大街上空空荡荡的，只能瞧见几名清洁工。他们的扫把发出唰唰的声响，伴着晨间鸟儿一声声的啼鸣。除此之外，方圆几里便听不到其他声音。茜茜的父母停下脚步，笑着和其中一名清洁工打招呼："早上好！"这声音

---

① 约鲁巴语是约鲁巴人的母语。约鲁巴是西非尼日利亚的一个民族。

就像唱歌一样。清洁工也朝着茜茜的方向,甜美而欢快地回应:"早上好!"然而茜茜早已顾不上那么多,直接甩开了阿爸阿妈,冲向特芮斯家。

特芮斯·金戈一家住在街角,与茜茜莉娅·阿劳尔家只隔了六幢房子。等阿爸阿妈打完招呼赶上来时,茜茜正好跑过转弯处。距离金戈家的房子越来越近了。在茜茜的想象中,那儿应该会停着几辆搬家卡车,还有很多人在周围忙忙碌碌。然而,笼罩着这幢复式公寓的只有迷雾般的寂静。车库前的卷帘门被放了下来,院子里也没有车,所有的窗户都紧闭着,一个人影都没有。

"怎么回事?他们人呢?"茜茜满眼无助地转向自己的父母,"特芮斯呢?"

"哦,宝贝,"阿妈一边说一边轻抚着茜茜的肩膀,"我想,我们可能来晚了。"

回到家后,茜茜伤心地坐在餐桌边,努力消化着刚刚所发生的一切。特芮斯怎么能做出这种事情?她怎么也想不明白,自己在这个世界上唯一的朋友居然连招呼都不打一声就离开了,连告别的机会都不给她。

阿爸尝试给金戈先生打了电话,想问明白他们为什么会突然搬家。阿妈则在一旁做着大杯的蜂蜜棉花糖热巧克力,这是茜茜最喜欢的饮料——确切讲是她五岁时最喜欢的。阿妈也知道,茜茜早已不是五岁的孩子了,但此时此刻,她的

我的世界：避风港试炼

女儿确实需要一些温暖。热巧克力也行吧，茜茜想着。然而，当杯子真正端到眼前时，她却提不起一丝兴致尝一口，只是往旁边随手一放，凉了也没喝一口。

"我们原本要在周一一起去宝石海岸中学报到的。"茜茜绞着手指，一想到这件事情她就紧张，"现在只剩我一个人了，要怎么开始中学生活啊？"

在阿妈还在忙忙碌碌地准备早餐的时候，阿爸终于放下了电话。

"他们已经在机场了，"阿爸说，"马上就要登机了。金戈先生说，他们要搬去一个叫斯科茨代尔的地方，在美国。"

"为什么她之前不告诉我他们这么快就会搬走？"茜茜问道，也不知道是在和谁说话，"为什么她非得等到昨晚才说？"

"这个嘛，金戈先生说，一切都挺突然的，他们也没什么时间做计划。金戈家的孩子们都不知道要搬家这件事情，包括特芮斯和她的哥哥弟弟们。"

"但是……"

"宝贝，"阿妈说，"我知道失去最好朋友的感受并不好，但我相信，要是她早点儿知道这件事情的话，一定会提前告诉你的。别担心，等他们落地之后，你就可以用阿爸的手机和她通话了。"

茜茜一反常态，安安静静地吃起了早餐。夹了蛋黄酱和香肠的面包才吃一半，平板电脑就又响了起来。阿妈取过来，戴上眼镜看了一眼。

"应该是你朋友发来的。"她边说边把平板电脑递给茜茜。

是特芮斯发来的消息:"很抱歉我没早点儿告诉你,一切都发生得……太快了。"

茜茜放下平板电脑,吃完早餐,然后立刻跑进休息室。这是除客厅外唯一一间装了电视机的房间,上面还连着她的游戏机。她拉过一张懒人沙发,摆放在电视机前的毛绒软垫上,接着打开电视机开关,戴上耳机,拿起手柄。

一般来说,周末吃完早餐后是家务时间,接着是作业时间,最后才是游戏或者电视时间。但昨天是公共假日,家政员提前来帮茜茜叠了衣服,收了书本,把袜子也都丢进了洗衣机。今天是节后第一天,又正值周六,茜茜的作业早就写完了,所以她可以把所有时间都花在自己想做的事情上。

但直到打开游戏,茜茜才反应过来,特芮斯已经走了,没人陪她玩《我的世界》了。

我出生在银橡园的中心地带。

银橡园是我和特芮斯给这片领域起的名字。其实这里既没有银矿,也没有橡树,我们只是在第一次学会怎么用木板和木棍制作告示牌之后,随便想了一个名字。往地上插好牌子,再写上字,《我的世界》里独属于我俩的秘密角落就诞生了。

所谓"心脏",其实就是三年前我和特芮斯一起造的一幢房子,现在已经成了银橡园的中心。三年前的某一天,我正

我的世界：避风港试炼

在一个专门为社区玩家开设的公共服务器上闲逛，缩在小木棚里躲避僵尸的袭击。忽然，附近有什么东西出现了。不是僵尸，而是一个名为"我叫特芮斯"的玩家。她把我的藏身之处上下打量了一番，接着问我能不能让她进来一起躲一躲。

她告诉我，设置为和平模式的领域里是没有怪物的，只有北极熊、铁傀儡之类的东西。我们不去冒犯它们，它们也不会来冒犯我们。接着她说她自己就有一个这样的领域，并邀请我加入。后来我才知道，是特芮斯的父亲为她购买了这个领域服务器[①]，为的是不让她在庞大的网络世界里误入歧途。这也是我尽量不去别的服务器的原因。

从那天晚上起，我们就成了好朋友。她告诉我，她的真名其实是特蕾莎，但是她从刚果来的祖父母喜欢叫她特芮斯，那是他们那边一位很有名的法国公主的名字，所以这个叫法被延续了下来，现在所有人都叫她特芮斯。不过她让我叫她芮莎，只有最好的朋友才能这么称呼她。

我穿过了我俩共同建造的房子。以前这只是一个小小的藏身之处，但现在已经变成了一幢宏伟的大别墅，有着多到用不过来的房间。我们制作了许多床、书本、书架、地毯、旗帜、栅栏和门，还用圆石造了间小小的地下室，用来存放物品。客厅里，彩色玻璃窗从地面一直延伸到天花板，还有好些裱好的手工装饰画被放在房子的各个角落。

---

① 由《我的世界》官方提供租赁的游戏服务器，只有收到房主邀请的玩家才可以进入。

除了别墅，我们还在银橡园留下了许多地标。从二楼阳台望出去，我们建造的每座农场都可以尽收眼底。小麦、甜菜根、可可豆、西瓜、南瓜、蘑菇……不同作物四散在周围，努力生长着。我们甚至还有一个谷仓，用来圈养绵羊，有时间就去饲喂一下。

我们曾经一起做过的事情也仍历历在目。比如有一次，我们为庆祝新年而装饰了房子。还有一次，我们把各自做好的复活节彩蛋藏了起来，想要办个寻宝大赛。特芮斯猜到了我会把彩蛋藏在高高的树上，却在爬树的过程中一次次掉下来……回忆不断涌上心头，我忍不住笑出了声。

银橡园确实是我们的天堂。或者说，曾经是。有史以来第一次，在踏进这片天地时，我没有听到叽叽喳喳来自友人的问候，只有一片死寂欢迎着我的到来。环顾四周，我终于意识到：在接下来的很长一段时间里，"我是特芮斯"都不会上线了。

第二章

茜茜早就知道，周一这一切也不会变好。

一大早，天就阴沉沉的，像极了茜茜低迷的心情。早餐食之无味，悲伤填满了她的胸膛。阿妈开车送茜茜去学校，一路上虽然没下雨，但还是有风猛烈地敲打车身，发出的声音仿佛没信号时的电视雪花屏声。

车终于停在了学校的停车场里。阿妈探过身子，吻了一下茜茜的额头。

"宝贝，我知道你很难过，"她说，"你才十岁——"

"十岁半。"茜茜说。

"好，好，十岁半。"阿妈接着说，"可是你要记住，你前方的人生路还长着呢。我知道，和特芮斯断了联系，这让你很难过，她毕竟是你整个小学时代最好的朋友。"阿妈伸手指向眼前的教学楼，"但或许，你可以把这件事情当成认识新朋友的契机。你是个善良、贴心、幽默风趣的孩子，我相信在这幢楼里，已经有很多同学都在等着和你成为朋友了。"

说完这些，阿妈就驾车离开了。茜茜拿着书包，站在人行道上，抬头望着眼前的宝石海岸中学。

学校……也不是那么陌生吧，它就坐落在社区内部，茜茜曾经乘车经过这里好多次。宝石海岸小学是它的姊妹学校，也是茜茜的母校，因此大概有一半新生都会是她过去的同学，其余的则来自别的社区。然而，除了几个月前和阿妈一起来报到注册之外，茜茜还从未真正进入过这里。

今天是她第二次来学校，也是她第一次独自一人上学。

"特芮斯，你这个坏姑娘！"茜茜轻声嘟囔着，"我们本来可以一起上学的，现在只有我一个人了。"

通往晨会会场的路并不长，一路上也无事发生。大门口显眼的告示牌上有清晰的指示：新生请沿绿色箭头前往会场。茜茜顺着箭头，跟一群和她穿了同样崭新校服的新生一起，不耐烦地向前走着。

她看过很多关于开学的电影和书。故事里，开学第一天从来不会顺顺利利。不过茜茜居然有些期待自己能碰上个小恶霸或是捣蛋鬼，简单相处后直接被他们贴上"怪胎"或是"书呆子"的标签。她早就从那些故事里领悟了一个道理：如果你不能成为全校最酷的新生，就会立刻被贴上各种标签。

茜茜也明白，自己离"酷"这个字还差了十万八千里。她身上没有什么闪光点能够吸引到别人，最大的兴趣也不过是看奇幻小说和玩《我的世界》——还是简单休闲的那种级别。她从不会挑战高难度。

特芮斯本该在这儿。她们本该互相照顾，互相打气，

我的世界：避风港试炼

并保护对方。茜茜曾经听到过传闻，说宝石海岸中学的学长学姐们都很刻薄。他们会吹着口哨儿使唤低年级的学生去做一些不可能完成的事情，比如让低年级的学生用茶匙舀水把篮子装满。

然而茜茜很快就发现，生活和电影里的剧情不一样。学校里既没有小霸王，也没有人恶言相向，一切都毫无波澜。没人在意新来的学生，没人在意茜茜。哪怕是社区里见过的熟悉面孔，无论新生老生，统统都装作不认识对方。

晨会结束得很快，也没什么大事，不过就是唱国歌、听通知。接着，老生们陆续离场，新生们则被召集到一个角落。几位老师轮流上前念名单，被叫到的学生就跟着老师去往新的班级。"茜茜莉娅·阿劳尔。"终于，一位穿着马甲的高个儿老师叫到了茜茜的名字。茜茜举起手，然后和新同学一起跟着老师离开。

下一步就是排座位了。得知自己被安排坐在教室中间靠后的位置后，茜茜长舒了一口气。她喜欢这种"隐形人"的位置，既不引人注目，又不太过隐蔽。而且，坐在中间还意味着她不需要融入任何一块"地盘"。

在茜茜眼里，不同"地盘"里的人就像《我的世界》里不同种类的生物一样。根据座位不同，整个教室被划分成了四块区域：坐在两侧靠窗位置的是"窗边者"，前排的是"师宠兽"，后排的叫"后座议员"，而像她一样坐在教室中间默默无闻的"隐形人"则没有任何名字。不同区域有不同的标签和名声，有些好，有些坏，但大家也都有各自的"特权"。

比如说吧，"师宠兽"就像有铁傀儡保护的村民，惹怒他们是要以牺牲自身安危为代价的。因为一旦他们向老师打了你的小报告，无论理由是什么，你都一定会陷入麻烦之中。各个年级的学生都懂得这个道理——远离"师宠兽"。

"窗边者"则更像是偏中立的友好生物，秉持"人不犯我，我不犯人"的原则，然而你也不能轻易信任他们。他们是隐于教室之中、形态各异的群狼，在被挑衅或受到不公待遇时会大闹一场。不过大部分时候，他们还是会以身犯险去保护受到攻击的人。

"后座议员"就是类似苦力怕、僵尸、骷髅、末影人这样的敌对生物了，他们会抓住一切机会寻找麻烦。除了距离他们十万八千里的"师宠兽"，"窗边者"和不够安静的"隐形人"都是他们的猎物。

茜茜也知道，并不是所有人都符合自己所属"地盘"的行为规范，但群体对个人的影响是很大的。她早就发现，和不厚道的人相处久了之后，哪怕是最随和的孩子也会变得刻薄。这也是她不交新朋友的原因。很长时间以来，她都只将友谊分给特芮斯一人。

现在看来，这样子孤注一掷的决定还是有副作用的。特芮斯离开之后，茜茜又重新回到了一个人的状态。眼下她开始思考，要不要抓住机会改变一下自己的交友策略。

她环顾四周，每个人都在埋头整理自己的书桌，崭新的校服熠熠生辉。一个前排的男孩儿正在展示他的新笔记本，酷炫的本子闪闪发亮，在桌前被码成整齐的一摞，仿佛在等着旁人的赞美。一个辫子里编着彩珠的女孩儿则一直微笑着，每一个从她身边经过的人都会收到一句她兴高采烈的"早安"。

"大家都在尝试交新朋友，"茜茜想，"我不能再这么消沉下去了，或许我也应该试试。"

于是，茜茜向下一个路过的女孩儿问了声好。

女孩儿只比茜茜高了一点儿，和她一样细胳膊细腿的。她眯缝着小小的眼睛，把茜茜上下打量了一番，似乎在犹豫要不要回应。

"你的书包不错呀。"茜茜没来得及细看就脱口而出。可紧接着她就发现，女孩儿的书包磨损得厉害，看起来像是个二手货。她大概是从别的地方来的——社区里的孩子是绝对不会愿意背这种书包的。难怪她看起来并不眼熟。

女孩儿瞟了一眼自己的书包，又把目光移到了茜茜的书包上。

"那是什么？"她指着茜茜书包上的贴纸问道。那是一张画着苦力怕头像的贴纸。

"哦，这是苦力怕。"茜茜回答。女孩儿的神情告诉茜茜，她并没有理解茜茜说的话。"《我的世界》里的，是个电子游戏，你知道吗？就是用方块造东西，里面还有村民啥的。"见女孩儿摇头，茜茜赶忙继续说道："啊，那我可以跟你讲讲。我有个朋友——特芮斯,我俩有一样的贴纸。不过她现在已经搬走了,之前我们还经常……"

"哦,我没兴趣,"女孩儿打断了她,"我又不是不知道《我的世界》是什么,我只是懒得解释,也没有人会在意这种事情吧。"

说完,她像一阵风似的离开了,回到了座位上——她坐在教室最后一排。

"原来是'后座议员'啊。"茜茜想。女孩儿恶毒的话狠狠刺痛了她,她得咬紧嘴唇才能好受一些。"这就是靠近苦力怕的下场,茜茜,它会在你脸上爆炸的。"

茜茜把书包塞进桌子,没过一会儿又取了出来,一把撕下贴纸,将它丢进了垃圾桶。

阿妈说错了,交朋友这种事情可比她想得要难太多了。

第三章

"成为中学生的第一天,感觉怎么样?"开车回家的路上,阿妈问道,"有没有觉得自己是个大姑娘啦?"

"糟透了,"茜茜一边把后座放倒,让整个人平躺下来,一边回答,"一切都糟透了!我什么感觉都没有,只想回家睡觉。"

"打住,别这么悲观!"阿妈说,"这样吧,你就跟我说一件今天发生的好事,一件就行。"

茜茜想了想,在"后座议员"贴纸事件之后,她就没和什么人说过话。有一两位老师来过,也只是做完他们该做的事情就走了。午休的时候,她就一个人坐在餐厅角落里,安安静静吃午餐。说实话,似乎有很多新同学都在经历同样的事情。他们和自己一样,散布在餐厅的各个角落,犹豫着是否要主动打破僵局,迈出友谊的第一步。可是茜茜因为有了前车之鉴,这次并没有做那样的事情。她只是想念着特芮斯,想要尽快和自己真正的朋友说说话。

"没啥好事,"茜茜说道,"一件都没有。"她往前探探身,

"特芮斯来电话了吗?"

阿妈摇了摇头,苦笑了一下。茜茜重重跌回后座,满脸失望。

"要安顿好新家得花费好些工夫呢。"阿妈说,"或许你可以再举办一次之前的那种睡衣派对?只不过是线上的。你们可以打电话或者视频,穿上睡衣,就好像真的在一起过夜一样。"

茜茜咕哝了一声,心里却觉得这个主意并不坏。她暗暗记了下来,或许之后可以试试。

回家后,一换好睡衣,茜茜就给平板电脑上那个名为"金戈先生"的号码发了消息。她决定接受阿妈的建议。

"那儿有多远?"她开始打字,"你们安顿下来了吗?在宝石海岸中学的第一天,糟透了。我好想你啊!"她停住了手,思考着是否要换一个不那么绝望的语气。"阿妈说我该问问你,要不要搞一个'线上睡衣派对'。就是说,我们都穿着睡衣,然后视频通话。好蠢。你觉得呢?"

她放下平板电脑,跑去做了些家务,换换床单、叠叠衣服之类的。等忙完再回来时,她看到特芮斯回了简简单单的两个字。

"好啊。"

无线网络在睡衣派对开始前五分钟出了问题。这似乎预示着整个夜晚都将充满坎坷,但茜茜对此却浑然不知。

我的世界：避风港试炼

此时的她早已换好睡衣，整个人兴奋不已。阿妈和阿爸罕见地把平板电脑留在了茜茜的房间里，不过她也不会用很长时间。按计划，和特芮斯联系上之后就是《我的世界》时间，她们要一块儿去秘密基地里待到天荒地老。为了这一刻，茜茜已经等待了太久，毕竟俩人上次一起玩游戏已经是好几周前的事情了。

"阿爸！"茜茜盘腿坐在房间地毯上，把头伸到门外，顺着走廊望出去，"网络出问题啦！"

"你有没有试过重启一下？"

茜茜翻了个白眼。阿爸总是这样——遇到问题就重启。

"我已经重启一千次了。"她说。

"嗯，理论上来说，你不可能重启一千次，因为……"阿爸穿着睡衣出现在走廊尽头，看了一眼茜茜，摇了摇头，"算了……给我吧。"

他接过平板电脑，轻轻点了几下，然后还了回去。"好了。"

茜茜第三次拨通电话时，特芮斯才接起来。这离约定的时间已经过去好几分钟了。

"茜茜！"特芮斯的脸出现在了屏幕上，声音也随之传了过来。"芮莎！"茜茜难掩心中的激动，大喊道。

"我的天哪！我真的好希望现在就能抱抱你。"特芮斯说，"你看起来气色不错！"

"你看起来也很好！"茜茜说着，忽然愣住了，"等等，你怎么没穿睡衣？"

特芮斯不仅没穿睡衣,还不在家里。她的身后是高耸入云的山峰和一棵棵棕榈树,明媚的阳光照耀着她的脸庞。

特芮斯大笑了起来:"傻姑娘,我这儿还是下午呢,还没到穿睡衣的时候。"

"哇,这就是我阿爸阿妈一直在说的什么时差吗?有几个小时啊?"

"比你晚……八小时。"特芮斯说,"所以无论你那边是几点,往前推八个小时就是我这里的时间了。"

"哇,"茜茜凑近了屏幕,"你看起来像是在度假!"

特芮斯看起来确实像是在度假。她的头顶架了一副墨镜,头发编成了长长的辫子。在拉各斯的时候,她的父母是绝对不会允许她这么打扮的,当然学校也不允许。宝石海岸中学只接受学生梳向后的贴头短辫或是短发。特芮斯还涂着唇彩——又是一件在拉各斯不能做的事情。她的皮肤似乎在闪闪透亮,这让茜茜一度以为,挂在斯科茨代尔和拉各斯天上的太阳都不是同一个。茜茜自己的皮肤就没那么透亮,无论她从哪个角度举着手机,自拍里看起来都一个样。

这是第二个预兆了,事情不会往好的方向发展的。

"哦,我没在度假,只是干了一大堆活儿。"特芮斯说,"搬到新家,要从头开始布置我的房间,太麻烦了。而且我还要去一个新的学校报到,又有各种事情,总之体验并不好。"

"我也是。"茜茜说,"今天是宝石海岸中学开学的第一天。"

我的世界：避风港试炼

"哇，怎么样？"

"太太太糟糕了！我一直想着，要是你在我身边就好了。"特芮斯咯咯地笑了起来。"我就知道。你交上新朋友了吗？"

"我试过了。但那女孩儿太刻薄了。"

"哎呀，我很理解。"特芮斯说，"我现在也还在尝试呢。"

"啊，那不错呀，你成功了吗？"

"大概吧，大概……"特芮斯的视线忽然转向镜头之外，"也不是很糟糕。"

"那太好啦。"茜茜说，"我实在等不及了，有好多事情想和你说——开学第一天的事，社区里的流言蜚语，我新建的歌曲播放列表，还有我往银橡园里添的各种东西……一会儿我们玩的时候我带你去看。你走之后，真的发生了好多好多事情！"

"哦，对了，"特芮斯说，"说到这个，抱歉，我好像得走了。"

"什么？"

"我有点儿事情，"特芮斯的眼神再一次飘向镜头之外，"我……"

"芮莎？"

"对不起，茜茜……我们能下次再聊吗？"这一次，她完全没有在看镜头，人也离手机麦克风越来越远，她的声音随之变轻，"因为时差，我不确定我们真的能一起办睡衣派对，不过……下次我们可以做些别的。"

茜茜刚想开口问具体要做些什么时，电话被挂断了。

银橡园里如银子般闪闪发光的到底是什么呢?

回到我和特芮斯的专属领地中时,这个问题占据了我所有的思绪。无论游戏内外,天都是黑的。我就站在那儿,环顾四周,头顶灰色的显示框在不断提醒我,"我是特芮斯"并不在线。

"这儿不在线,那儿不在线,永远不在线。"我大声自言自语道。

一头像素牛在我身旁吭哧了一声,仿佛在表示赞同。

我决定要从闷闷不乐的情绪里走出来,好好玩一会儿游戏,至少得完成一些任务。没记错的话,上次我和特芮斯回来时,煤炭储备就已经不多了,而我们的房子里还有很多新建的空间是没有光源的。现在是晚上,我正好可以去挖一些煤炭来做火把,好照亮那些黑暗的地方。

我开始向着最靠近房子的那座山进发。我们叫它"煤炭山",因为那是我们在造房子时找到的第一座有稳定矿源的山脉。

我走了很远,周围开始变得漆黑一片,伸手不见五指。因为没带火把,无法在这么黑的环境下走回去,于是我决定临时做一个。

身上还有一些上次砍树时收集到的木材,我把它们做成了木棍,然后和仅剩的最后一块煤炭一起合成了四个火把。

我的世界：避风港试炼

接着我收起工作台，拿起火把，继续赶路。

路上遇到了一匹狼，但它瞅都不瞅我一眼。

上山的路并不远，但大部分的煤炭已经被开采完了——所有能看见的矿脉都已被我和特芮斯光顾了一遍。我们甚至还触及了一部分基岩，有一次还发现了钻石。眼下我只能去各处碰碰运气了，可是不管怎么挖，都不见煤炭的踪影。不知不觉离火把越来越远了，我不得不再爬上去，将它们移到离我近一些的位置，再继续挖掘。

现在，玩《我的世界》对我来说忽然就变成了一种负担，好重好重的负担。

我盲目地挖着，不断进行各种尝试，可依然找不到一点儿煤炭的痕迹。终于，我决定停手，然而此时已经挖得太深了。一想到要爬那么远上去，再走很长一段路回家，我就觉得心烦意乱。

我打开命令框，输入能够让我快速回家的指令：

[/kill cece_lao]（杀死茜茜_劳）

"你死了！"整块屏幕瞬间染上了一层浅浅的红色。下一秒，我就回到了房中的重生点。

夜晚快结束了，黎明就在眼前，可那些没被照亮的角落依旧黑漆漆的。我决定把家里仅有的火把重新排放一下，好让光能照到更多地方。然而我忽然意识到，新做的火把都被留在山里了。我瞬间沮丧起来，下意识地开始击打眼前的方块，一下又一下，直到它粉碎，掉落。再打一块，再打一块……直到视线里所有的物品都被我击碎。我跑到存放工具的地下室取了一把镐,然后一路砍上去。特芮斯走后,我第一次感觉自己在做一件有意义的事情。手上的动作还在继续,而我身后已是一片狼藉。

终于,我在写着"银橡园"的告示牌前停了下来。

银橡园里如银子般闪闪发光的到底是什么呢?

是特芮斯。没有她,这片领域、这个银橡园、整个世界都将不复存在;没有她,这幢宏伟而精致的房子只是一片安静而孤独的废土。虽然我深深眷恋着这个地方,可是没有她,我不知道自己还能坚持多久。

既然她要和自己的新朋友玩耍,没时间回到这片我们呕心沥血共同打造的乐土,那么我也不会再浪费时间等她回来了。

我举起了镐,砍向告示牌,直到它粉碎,掉落。

第四章

第二天早晨，茜茜在恐惧中醒来。昨晚发生的一切就像一个可怕的梦。她是被魔鬼附身了吗？那个毁掉了和特芮斯共同打造的家园的女孩儿真的是自己吗？茜茜努力回忆，但依旧想不起来自己究竟把银橡园破坏到了什么程度。她后来回过神来收手了吗？还是说，她早已把自己和特芮斯共有也是仅有的一切都化为废墟，什么也没留下？

"早安，亲爱的。"见茜茜洗完澡换完衣服出来，阿妈赶忙说道。茜茜和阿妈道了早安，心里却塞满了昨晚的事情。她径直走向游戏机，想要一探究竟，但被阿妈阻止了。

"不行哟，"阿妈说道，"你只来得及吃早餐，没时间玩游戏啦。"她指着为茜茜准备好的早餐，"快去吃吧。"

茜茜一边吃，一边继续思索着。临去学校前，她趁阿妈不注意，偷偷把平板电脑塞进包里，然后坐到了汽车后座上，这样比较不容易被发现。阿妈正忙着应付路上的早高峰，于是茜茜蹲伏在座位上，打开《我的世界》，点击"开始"，再从好友列表中找出银橡园，轻轻点击。

什么也没有发生。

她皱起眉头,又点击了一下,然后凑近屏幕端详着。依旧无事发生。她赶紧来到领域界面,上面写着"特芮斯的游戏领域——我是特芮斯(所有者)"。在旁边本该有一个绿色的圆点,显示服务器正常运行。然而这次却是一个灰色的圆点。

"奇怪了。"她脱口而出,手指仍不断点击着,希望能有奇迹发生。但还是没用。茜茜开始怀疑,自己是不是蠢到手抖把整片领域给删除了?或者还有一种更糟的情况,那就是她和特芮斯都在忙着开学的事情,没有注意到领域即将到期的警告信息。

茜茜扔下平板电脑,全新的恐惧又占据了她。领域到期是否意味着,所有的一切……所有的一切……都不复存在了?

如果说,昨天的茜茜只是做了一个可怕的梦,那么今天的茜茜已是深陷噩梦之中。

前四节课,茜茜都在试图厘清眼下发生的事情,英语和社会课根本无法让她集中注意力。她努力思考着,是特芮斯的疏忽导致领域到期了?还是说,更糟一些,是特芮斯把领域删除了?"'到期'和'删除'可是两码事啊。"她不断这么告诉自己,但依然无法判断到底是哪一种情况。虽然和特芮斯一起玩了那么久,但对共享私人领域的运作方式她还是一窍不通。不过有一点是清楚的,那就是金戈先生一直在为她们支付领域的费用。难道说,是出于某种未知的原因,他取消付款了?

我的世界：避风港试炼

午休时间到了，茜茜往餐厅走去，思绪却飘向了更远的地方。有没有一种可能，特芮斯打开游戏后发现了茜茜的破坏行为，于是就让自己的父亲取消了付款？又或者，往更坏的方向想，难道是特芮斯自己取消的？这些想法在茜茜的脑海里横冲直撞，导致她比平时更晚到达学校里唯一的餐厅。

她走进去才发现，里面早已挤满了人，队伍排得老长。今天售餐的那位女士动作格外慢，而且由于学生太多，又吵吵闹闹的，她看上去心情并不好。为避免拥挤，高年级的学生会错时用餐，因此现在围堵在窗口的都是茜茜的同级学生和二年级的学生。阿妈今早又因为赶时间，没有给茜茜准备食物，只给了她一些钱让她自己去买。

一见到这人山人海的景象，茜茜就泄了气，不过她还是决定等一会儿。她在餐厅的一个角落里坐下，心里还在思考着银橡园的未来，以及她和特芮斯那早已如细丝般脆弱的友谊的未来。

忽然，有人在她肩上拍了一下。她转身发现是自己的同班同学——就是那个开学第一天坐在前排、忙着整理笔记本的男孩儿，他此刻正望着自己。他并没有最初看起来那么高，茜茜惊奇地发现，如果站起来的话，自己甚至还更高一些。不过男孩儿倒是比她胖一点儿，短短的头发不自然地卷成了密密麻麻的小卷。他的脸上洋溢着微笑，欢快中抱有一丝期待，仿佛一切美好的事情都会发生在他身上一样。

"嘿。"他说。

"嘿。"茜茜困惑地回了一句。他为什么会在这儿？显然，他并不是，怎么说呢，只是为了走过来打声招呼的。

"我在垃圾桶里找到了这个。"他一边说，一边递过来一张皱巴巴的纸片。茜茜伸手接过，是开学第一天她扔掉的那张苦力怕贴纸。

"我一直想把这个给你来着，但是……"他说着说着，忽然没了声音。

"哦，"茜茜说，"呃……谢了。"

"看到你把它丢掉我也很不好受。"他说，"我全都看见了，那天你和……奥弗尔的事情。"

"奥弗尔？"

"就是那个扎着辫子坐在教室后面的女生，嘲笑你贴纸的那个。"

"哦，她叫这个名字啊？"

"是的。她坏透了——不仅仅是对你，对其他所有人也都坏透了。所以你别多想。"

"是这样啊。"

"嗯。"他顿了顿，"我叫乔希姆。"

"嗯……"茜茜应着，脑子里却还在想别的事情。

"你叫什么？"

"我？我叫茜茜，茜茜莉娅的简称。"

"茜茜莉娅。"他点了点头，不断绞着手，似乎在犹豫要不要问一个问题。最终，他决定开口。

"所以你是,嗯,打算去买点儿吃的当午餐吗?还是……?"

"我想去的,"茜茜说,"但是队伍太长了,我不想排。看上去直到午休结束都轮不到我。"

"如果你想的话,"乔希姆说,"我可以帮你买。"

"不用了,谢谢。我不想让你破费。"

"不不不,"他赶忙说,又像个大人一样轻笑了一下,"其实我有一个……办法。就是我认识一个人,她可以帮我们绕到队伍前面,去买你想要吃的东西。用你自己的钱。"

"哦?"茜茜来了兴趣,"你是说,你认识这边的售餐员吗?"

"这么说吧……"他转了转脑袋,仿佛在思考要不要说接下来的话,不过最终还是决定开口,"其实,这家餐厅是我奶奶开的。"

茜茜扬起了眉毛:"真的?"

"真的。所以我可以,嗯,直接走进去,然后从柜台里面买我想要的东西。来,"他伸出一只手,"把你的钱给我,告诉我你想吃什么,我去帮你买。"

茜茜没有多想就照做了。乔希姆一离开,她便又开始思考,自己仅有的一段友谊会走向何方。

很快,乔希姆就回来了。他的手里拿着一个肉馅儿饼、一罐汽水,还有一个苹果。可茜茜并没有让他给自己买苹果。

"哦,不是,这是我给你拿的。"他说,"你看,就像我说的,我有办法。而且要均衡饮食嘛,你得吃点儿水果。"

"嗯。"茜茜把食物摆在一旁,"谢谢。"

"你不打算现在吃吗?"

她上下打量了他一下,问道:"你不吃饭吗?"

他耸了耸肩。"我早就吃过了,而且吃得很快,这样我就能把剩下的午休时间用来玩。"他转头看向挤挤攘攘的学生们,"只不过,这些人都不会对我想说的话感兴趣罢了。"

"原来是这样。"

"你……还好吗?"他轻轻挪到茜茜身边,但又没完全坐下,仿佛在犹豫些什么,"你是……遇到了什么事情吗?"

"我也不知道。"茜茜说着,叹了口气,"我甚至都……不能确定。"

"那你想……跟我说说吗?"

"不想。"她拿起肉馅儿饼,端详了一会儿,再慢慢拆开包装纸,"如果可以的话,今天我只想一个人静静待着。"

"好。"他站起身。

"如果你——"她看了看他,"如果你想的话,可以坐在这儿。"

"哦。"他又重新坐下,"好。"

之后的午休时间,俩人都没再说过一句话。

第五章

放学后,茜茜一钻进车里,阿妈就又问了那个问题。老实说,茜茜的耳朵都快长茧了。

"成为中学生的第二天,感觉怎么样,宝贝?"她说,"有没有觉得自己是个大姑娘啦?"

"阿妈!"茜茜说,"一直重复同一个问题很无聊,你知道的,对吧?"

"哈哈,"阿妈大笑着把车开出停车场,"才过两天,你看看你,已经这么会说话啦,还会说我无聊了?"她顿了顿,"你今天这表情是怎么了?发生什么事了吗?"她歪了歪头,"等等,你是不是交新朋友啦?"

茜茜回忆了一下和乔希姆的事。"我——不太清楚。也许吧?我认识了一个男生——"

"哦,我们茜茜已经开始认识男生啦?"阿妈挑了挑眉毛,"你是不是把我说的大姑娘这回事当真啦,宝贝?"

"哎呀,说什么呢,阿妈?"茜茜说,"第一,他只是帮我买了午餐,因为队伍太长了。然后……我们什么也没说,只是……坐在那里。"

"不管怎么说,这是个好的开始。很多时候,沉默可以锻造出最坚固的友谊。"

"不是吧,我觉得我们只是尴尬。"

阿妈轻轻地笑了一声。接下来的好一会儿,母女俩都望着前方的路。

"亲爱的,你还是需要时间。"阿妈终于开口了,"交朋友并不容易,一段友情也总是会起起伏伏,但这些都没关系。你终将拥有很多好朋友,老朋友、新朋友都会有。而且,友谊是永远不会消失的,我们只是要为它们找到一个安放的地方。说起来……"阿妈把手伸进包里摸索着,像是在寻找什么,"特芮斯倒是给你发消息了,反正是发了点儿东西——我怎么找不到……"

"什么时候?"茜茜的眼睛都睁大了,"怎么回事?在哪儿呢?"

"她发在平板电脑上。"阿妈干脆连路都不看了,视线在包里来回搜寻,"今天早上你用完之后,我应该把它放在车里了啊。看来我大概是把它拿回家了。"

"她说了什么?她有没有——"

"我不知道,我也没细看。大概是关于你们的游戏之类的吧。"阿妈叹了口气,放弃了搜寻,"等我们到家你就知道了。"

从宝石海岸中学回家这短短的一段路,在今天的茜茜眼里却比越野旅行还要漫长。她在座位上扭来扭去,完全没法儿

我的世界：避风港试炼

安定下来。她不断想着，特芮斯会给自己发些什么。她生气了吗？她还会跟我做朋友吗？猜测使得茜茜如坐针毡。

车刚开进车道，茜茜就飞身跳下，朝着家门口奔去。阿妈在身后喊着，让她先换校服，先把书包从车上拿下来，她都充耳不闻。平板电脑就在餐桌上闪烁着，跳动着，散发的光芒宛若有魔力一般。

她的眼睛贪婪地划过通知栏，那儿有一大串消息在等着她。

"茜茜，真的很抱歉！"第一条消息这么写着，"爸爸说，他没法儿再给我们的领域续费啦，因为原本帮他搞定这事的人联系不上了，新的订阅价格又太贵了！所以我们永远失去银橡园了，我的天哪！"

茜茜如释重负般长舒一口气——特芮斯还不知道。整整一天，她都在想着要怎么道歉，但现在已经不需要了。

"但这算不算是跟特芮斯撒谎呢？"茜茜暂时撇开了这一想法，伸手点开下一条消息。

"还有一件事情，我的哥哥哈辛在这里交到了一些朋友，都是和他一样大的男孩儿。他们中有个人很喜欢《我的世界》，那个人把我介绍给了和他一起玩的那群人——那些人可酷了！他们还会自己建服务器之类的。"

茜茜皱了皱眉头，想起了当初毁掉银橡园的原因。

"茜茜莉娅，"阿妈走进屋子，用严肃的语气喊道，"去把你的东西从车里拿出来，现在就去！"

"来了来了。"茜茜边说边点开了下一条消息。

"他们想让我一起去他们建的私人服务器上玩。然后……你先别生气,我确实去了,很抱歉!银橡园已经没了,我也不想就这么轻易抛下我们建造的一切不管,但我只是在试图交一些新朋友……"

"我不会再说第二遍了。"阿妈说,"别等到我把车锁了再来跟我借钥匙。"

茜茜把平板电脑重重地摔在桌上,经过一脸困惑的阿妈,径直跑去车上拿她的东西。回来的时候,她又砰的一声关上门,把书包丢在地上,然后抱着手臂坐在沙发上,眉头紧锁。

"你这孩子……怎么回事啊?"阿妈嘀咕着,用车钥匙锁上了车,车在外面发出嘀嘀两声响。"你又不是这世界上唯一失去朋友的人,不是吗?而且你想过没有,或许特芮斯也在因为失去了一个朋友而伤心呢!"

"她要是伤心的话,就不会那么快交上新朋友了。"茜茜想着,瞥了一眼平板电脑。呼吸灯还在闪烁,提示她还有没读完的消息。茜茜咂了下嘴,从桌上一把取下平板电脑,点开消息列表。阿妈摇了摇头,离开了房间。

"不管怎么说,别担心!我们一定能重建一切的!我已经拜托他们让你也加入了,就到他们建的新服务器上来——他们管那个世界叫'避风港'。你等着,我把服务器地址发你。"

茜茜并没有浪费时间去读那条附带游戏邀请的消息。相

我的世界：避风港试炼

反，她直接找到了《我的世界》应用，点开菜单，然后按下了"删除"。

接下来的两天，茜茜都没有再看平板电脑，之后拿起来也只是玩了些别的游戏，至于游戏机则完全被她晾在了一旁。其实她在平台上下载了很多能玩的东西，但那些都是单人的，特别无聊。经常一个人玩游戏的茜茜对此提不起任何兴致。

在学校里，午休的时候，茜茜也没再和乔希姆一起过。她还是一个人吃饭。如果碰上乔希姆在周围晃悠，一副想要找人说话的样子，她就会立刻躲开。倒是也有一些人来和茜茜说过话，只不过这些随意的问候全都没有了后续，所幸茜茜也对交朋友这件事毫无兴趣。虽然特芮斯和她不再像从前那样亲近了，但她从未想过要为这段友谊找一个替代品。交新朋友又有什么意义呢？他们只会在某个时间点离开她，转而去找一些"很酷"的人当朋友。

然而三天后，阿劳尔家发生了一桩大事，这让茜茜改变了自己的想法。

"我看，金戈先生大概换了美国的手机号。"那晚在餐桌上，阿爸说道，"我好像没法儿联系到他尼日利亚的号码了。"

"哦，是吗？"阿妈说着，拿出了自己的手机，划动了几下，拨通一个号码，凑到耳边听了一会儿，"嗯，看来确实如此。提示音一直在说，'您拨打的用户已暂停服务'。"

"那是什么意思？"茜茜问，"我还能通过叔叔的手机给特芮斯发消息吗？"

"哦，亲爱的，"阿妈遗憾地摇了摇头，"现在看来，这是不可能的了。"

整整一夜，茜茜都辗转反侧，无法入眠。她终于意识到了自己之前闹情绪有多么愚蠢。阿妈是对的，她最好的朋友可能也在为同样的事情而烦恼着，可自己却一把将她推开了。她毁了她们共同建造的世界，只是因为……只是因为那一点儿沮丧的情绪？但是特芮斯，无论她知不知道茜茜的所作所为，都没有泄气，她还想继续和茜茜做朋友。

然而现在，一切都不可能了，因为之前的号码已经联系不上特芮斯了。

除非……

茜茜从床上跳了起来，跑去客厅，把平板电脑拿回房间。特芮斯发来的最后一条消息还在闪烁着。

"这是链接，我们避风港见！"

链接后面还跟了一大串文字。

"哦，对了，还有一件事情：你的出生点会落在避风港之外，这是管理者们设计的。新玩家必须通过三个测试才能进来，所以你也得这么做，然后就能找到避风港，再找到我。"

"测试？"茜茜皱起了眉头，"她在说什么呢？"茜茜继续往下看消息。

"测试也没有特别难，如果你像我一样有帮手的话会容易很多。不过有些部分确实很有挑战性,到时候如果需要帮忙,给我发消息就好啦。"

指示部分到此就结束了,之后的文字充满了柔情和鼓励。

"我相信你,茜茜。你是我认识的最勇敢坚韧的人,我知道你一定会成功的!我们一定能重建银橡园,你永远是我最好的朋友。"

茜茜差点儿哭了出来。即便在斯科茨代尔认识了新的、更酷的人,特芮斯却依然牵挂着自己,依然想要做她最好的朋友。眼下想要保住这段友谊,茜茜只有一个办法了。她决定去试试。

"对不起!"茜茜开始打字,"我之前太生气了,把事情搞得一团糟。但我会弥补这一切的,我会来避风港的。"

她按下"发送",消息却没有发出,旁边反而弹出了一个红色的警告标志:无法发送到此号码。

"真棒。"茜茜在黑暗中自言自语道。现在她没有任何办法能联系上自己的朋友了,也没法儿找她帮忙通过测试。不过没关系,既然特芮斯希望她去避风港,她就会去避风港。

把《我的世界》重新下载回来还花了一些时间。下载刚完成,茜茜就立刻打开,登录账号。之前过期的服务器还留在界面上,她伸手点了"删除"。那是过去的茜茜所生活的过去的世界了。从现在起,她和特芮斯要开启全新的篇章,她要为新世界留出足够空间。

调出服务器界面,选择"添加服务器",茜茜将特芮斯发给她的地址输了进去,再点击"完成"。

一个新的服务器出现了:无主之地。

"真是个好名字。"茜茜想着,双击了一下。

正在连接到外部服务器……确认加入?

茜茜点了"确定"。

通信加密中……

生成世界中……定位服务器……

生成世界中……资源载入中……

生成世界中……地形载入中……

欢迎来到无主之地。

第二部分

无主之地和奥目

第六章

我一落地就注意到,这个世界异常漆黑。

上次在银橡园的经历让我丝毫不想在黑暗中多作停留。特芮斯还在的时候,我们常常在夜晚爬上阳台,坐着聊天儿,望着月亮分辨月相。"这是满月,这是弦月。不对,这是凸月。等等,今天应该是新月吧,怎么形状看起来这么方?"

然而今晚的一切,包括这黑暗,简直是那些夜晚的反义词。首先,我是孤身一人。其次,这里的夜空也不是常见的深蓝色,而是深红色。月亮隐于其中,带着一圈浅红的光晕,就像浸泡在果汁里的一个飞盘。月光并不明亮,我依然什么都看不清,因而周围的黑暗就愈发令人窒息。

"好吧,"我大声对自己说,"茜茜,你要做的第一件事情就是在夜里活下来。"

刚开始玩生存模式的时候,我一个人是断然活不下来的。不知道为什么,每一次,还没等我收集完木头和煤炭之

我的世界：避风港试炼

类的过夜必需品，白天就会结束。紧接着，僵尸、蜘蛛和骷髅就会从各个地方冒出来。只要一离开基地，我就必然活不过夜晚。

这也是为什么，后来的我只玩和平模式。这个世界是什么模式我还没弄清楚，不过也不重要了。夜晚已经降临，而我早已身处险境。现在摆在我面前的只有两个选择：要么迅速找到一处庇护所，最好是已经搭建完的那种；要么自己造一个。后者意味着我要先有木头。

我查看了一下物品栏，不出所料，里面什么都没有。

"那就去找木头吧。"

然而我连自己的手都看不清楚，更别提周遭的环境了。我身上没有煤炭，合成火把也是不可能的。我只好采用第三种方法：一动不动地站在原地，一边希望白天能够尽快到来，一边祈求不要碰上任何怪物。等一切都安全了，我就能去收集资源以应对后续挑战了。

这么想着，我便在原地站定。趁着等待白天到来的间隙，我开始试着像以前那样辨认月相。然而这一次的月亮很反常——它看起来是个满月，却不是通常的方形，而是更像三角形。更奇怪的是天上也没有星星。我感觉自己似乎在玩一个完全不同的游戏。

更诡异的还在后面——没多久，整个天空都开始变幻。

设想中会慢慢到来的黎明和日出并没有出现，反而是月亮倏地一下坠到了东地平线上，一半隐没，一半仍闪耀着，就这么悬在那里。接着，勉强能被称作是太阳的物体从东地平线上升了起来，也同样挂在了那里。两颗星球比肩而坐，就像两位挚友，难舍难分，整幅景象宛若凝滞的日出——抑或是日落？

由于天是红色的，太阳和月亮散发出的光芒几乎融为一体。那是一种鲜艳的、橘红色的光。周围的地面也随之亮了起来。虽然日落并不耀眼，但还是足够让我看清周围的环境。

眼前是一片荒原，贫瘠而空旷，没有任何可用之物。四周只有黑暗在高低错落的方块间涌动。没有树能让我收集木头，没有山能让我采集石头和煤炭，没有材料能让我制作工具、武器和光源。总之，什么都没有。

"这是什么恶趣味啊？"我冲世界的管理者们抱怨道。

毫无目的地移动了一会儿后，我挖了几块脚下的方块，只是一些普通的沙子罢了。放眼望去，还有许多方块都处在异常的位置：有块圆石夹在了沙子中间，还有一块孤独的沙砾出现在了不该出现的地方。我将它添进了物品栏，不为别的，只为了不让这栏空着。这是一片永夜之地。

正是在这样的永夜之中，我发现了第一件物品——一个刷怪笼。它就这样孤零零地立在那儿。

一瞬间，我还为自己找到了一个燃着火焰的笼子而高兴了一下。可下一秒，我便意识到了这是什么。很久以前，当我还在玩简单或普通的生存模式时，曾经看到过一模一样的笼子。如果没记错，再过几秒，一个新的生物就要被刷出来了。

我的世界：避风港试炼

于是我转过身，拔腿就跑。

还没跑几步，大概也就是两三格远的样子，太阳忽然沉了下去，而月亮又像之前那样，变成了一个浅红的三角形。黑暗汹涌而至，将我吞没。然而这次，我并不是黑暗里唯一的生物。

身边忽然有无数双不同颜色的眼睛睁开了。

第一个扑上来的是末影人，我并不是第一次见到这种生物。即使没看到它飘浮的黑色躯干，那双亮紫色的眼睛也出卖了它。我努力朝远离刷怪笼的地方飞奔，然而身边却不断有新的眼睛睁开，红色的、不计其数的眼睛。

是蜘蛛。

我甚至来不及数到底有多少双眼睛——一双？一千双？还没等我反应过来，它们就蜂拥而至，掠过泥土，爬到我身上来。猛烈的攻击混杂着不绝于耳的嗞嗞声，仿佛一首残忍的合唱曲。每被击中一次，我就忍不住发出一声痛苦的呻吟，直到最后，我的躯体消失得无影无踪。

我又重生在一片荒芜之中。

东地平线上，太阳和月亮依然比肩而坐，只露出一半的星体闪耀着。如果我没猜错的话，在下一次黑暗到来之前，天空会一直是这个样子。只是我无法准确计算时间——一个轮回周期比一天短还是长？我不知道，但至少我开始理解这个世界反常的运作规律了。看样子这里没有白天，只有昏暗和黑暗两种状态。日落和夜晚差不多是半天的长度。

"放聪明点儿，别指望这里有什么东西是正常的。"

在坚定了这一想法后，我立刻朝着与上一次相反的方向进发。

"这'荒原'可真是'荒'得名副其实。"我暗想。这次选的路，周围依然是一片贫瘠，除了仙人掌就没什么别的东西。走了一会儿，我满心疑惑地停住了。这会不会只是特芮斯和她的朋友们所设计的一个残酷的恶作剧？这么做根本找不到她，或许我该放弃了。

可下一秒，我就想起了之前看到过的另一个值得一试的办法。我真傻！怎么早没想到呢？

我打开对话框，输入了一条指令：

[/locate]（定位）

如果我没记错，这条指令能帮我找到最近的建筑，前提是我得先猜对建筑的类型。

我所在的地方除了荒原还是荒原，感觉像是片沙漠，于是我尝试输入了 [temple]（神殿）来寻找金字塔，但并没有成功。我又试了试 [buriedtreasure]（埋藏的宝藏），想要找到一些工具或资源，也没有成功。我一股脑儿将我记得的词都试了一遍，[mineshaft]（矿井），[monument]（纪念碑），甚至还有 [shipwreck]（沉船），可都是一无所获。

最终，我试了试 [village]（村庄），没想到居然有了反应。一大串坐标忽然在我眼前冒了出来。

我的世界：避风港试炼

"总算不是片真正的荒原。"我想。出生点的坐标是（0,0,0），我对照着新的坐标查看了一下村庄的距离——那是很远的一个地方，远到我可能得接连走上好几天。然而在漫长的永夜中，没有光源就只能成为怪物的盘中餐，我甚至怀疑自己连四分之一的路程都活不过。

此时，另一个词跳入我的脑海中。

我往指令栏里输入了：

[/tp]（传送）。

一般来说这不会奏效。这条指令在银橡园里压根儿没用，我和特芮斯早就试过了。因为理论上来说这是一种作弊行为，是不被允许的。

但我身处的是一个不同寻常的世界，用特芮斯的话来说，那些管理者知道自己在做什么。他们很有可能会允许作弊的存在，毕竟这样就能完成更多事情。

我决定赌一把，在指令后面输入了目的地的坐标，然后按下"发送"。

周围的世界忽然开始翻转，下一秒荒原就消失了，取而代之的是一座宁静祥和的村庄。村庄里有树，有房子，还有水源，这一切都能帮助我在这个漆黑的世界里生存下去。

"成功了！"我在心里尖叫着。

整个村庄隐藏在荒原的深处，虽然有很多建筑，但依然空荡安静——可能有点儿太安静了。我环顾四周时才忽然意识到，这片毫无生命迹象的村庄与先前的荒原别无二致。无人居住的建筑并不老旧，却已然成了废墟，很多房子还只造了一半。农场里种植的小麦和马铃薯早就被一扫而空，或许是路过的劫匪干的，又或许是被像我这样饥肠辘辘的游民吃掉的。

不过最重要的问题是：人都去哪儿了？

正当我困惑不已时，眼角忽然飞闪过一道影子。我转身，本以为会看到什么移速很快的东西，蜘蛛或者马上就要爆炸的苦力怕之类的。

可没想到，我看到的是一个……人？

更确切地说，那是一名玩家，因为村民不可能穿着盔甲，更别提钻石盔甲了。她手中拿了一把钻石剑，头顶没有显示名字——看来，是服务器中的某个模组默认隐藏了玩家姓名，我的头顶也只有"匿名"二字。不过如果我想的话，还是可以在聊天儿时将用户名"茜茜_劳"显示出来。

"但这毕竟是个活人啊！"我抑制不住内心的激动。终于能有一个人来带我四处转悠，告诉我各种事情，教我如何用最快的速度搜集到必要资源，并最终找到避风港和特芮斯。

我打开对话框，选择私聊。

"嘿！"语音转文字系统自动为我输入了消息。这是管理银橡园服务器的人为了游戏便利而开发的，后来通过特芮斯的父亲转交到了我俩手上。发送这条消息之前，我再三确认没有隐藏自己的名字。希望在这片陌生的土地上，这能算是一种对陌生人的示好行为吧。

我的世界：避风港试炼

女孩儿没有回复。她只是一动不动地站在那里。

"我是茜茜。"我继续说着，"不过你应该已经看到我的用户名了，哈哈。我的天哪，能在这鬼地方碰到活人真是太好了！你也是特芮斯的朋友吗？"

她把剑收了起来，又迅速换上了一副弓箭。不过这次，她拿武器的样子不再充满戒备，反而有些好奇。我决定继续问下去。

"我有好多问题。我有个朋友，她叫特芮斯，是她邀请我到这里来的。我要去一个叫避风港的地方……"

"避风港？"女孩儿终于开口了，但整体姿势却并没有变。文字转语音系统将她发送过来的消息一字一句地念了出来。她同样选择在聊天框里显示了自己的名字——小龙人_86。

"对，避风港！而且她还说有测试什么的……"

"测试？"女孩儿又说。

"对，没错！她说如果我完成了测试，就能找到去避风港的路。你知道我现在应该去哪里吗？"

"找到测试？"女孩儿说。

"是的。"我说，"我们是要在村庄里做测试吗？还是在别的什么地方？我之前四处查看的时候并没有找到……"

女孩儿忽然举起弓箭指向了我。我还来不及做出任何反应，第一支箭便飞射过来。更令人惊讶的是，她没有一点儿要停下的意思，也不给我逃跑的机会。她手上的动作轻松而熟练，箭一支接一支地向我飞来。我终于意识到，她是真的想要置我于死地,但为时已晚。

  我踉跄地跑开五六步,最后一支致命的箭还是追上了我。整个世界忽然分崩离析。

第七章

我又一次在荒原重生。方才的惊恐还未消退,我在黑暗里呆立了很久。

我刚刚是……被一个玩家杀了?但是,她为什么要这么做?

我知道有些玩家不以造东西或者打怪为乐,而是喜欢找别人单挑。但我从没想过,有朝一日自己也会遇上这样的人,而且还是在这个服务器上——特芮斯口中的避风港和测试,这名字听起来可不像这样充满危险的。

我不能在荒原上继续待下去了,否则一定会被吃掉。于是我做了唯一一件已知可行的事情——重新传送回村庄。

小龙人(小龙人_86的简称)还在原地,就好像她在等我似的。和上次一样,她并不急着挽弓搭箭,只是站在那里看着我。她似乎很惊讶我还会回来,又似乎有些困惑,或者二者都有吧。

"等等，"我说，"我没有敌意。"

她只回了一句"哈哈"。

"不是，我认真的。"我说，"我既没有武器，又没有食物、工具和材料。我真的就是新来的，能找到这里是因为这个服务器可以使用传送功能。"

"然后你就选择传送到这种地方？"虽然她面不改色，话语中却还是带着一丝难以置信，"传送到猎场来？"

"猎场？"我问道，"这不就是一个普通的村庄吗？"

她停顿了一下才开口："你真的是个菜鸟。"

我隔着屏幕耸了耸肩。"算是吧，但我是来这里找我朋友的。之前就说了嘛，她人在避风港。如果你能告诉我怎么去那边的话就太好了。"

我敢保证，屏幕那头的她一定在哈哈大笑，因为她接着就说："告诉你怎么去避风港，是吧？"

"是的，这样就够了。或者你也可以多说一点儿，告诉我怎么不被杀掉之类的。"

"嗯，"她沉思了一会儿说，"那行吧。"

"真的吗？"

"可以告诉你，但是有一个条件。"

"什么条件？"

"我说完之后，得杀了你。"

"你说什么？"这下轮到我愣住了。

"你没听错。"小龙人边说边收起她的弓箭，"我告诉你关

我的世界：避风港试炼

于无主之地的一切，包括避风港，然后你就得让我杀了你。"

这条件听起来太奇怪了，而且对我而言似乎不太公平。杀了我，她又能得到什么呢？难道是我忽略了什么本该注意到的东西？

可是不答应她的话，我又将无从知晓这个问题的答案，也没法儿了解这个地方。

"行吧，"我说，"我答应你。"

"跟我来吧。"她边说边领着我离开，"慢一点儿，我走哪里，你就走哪里。虽然你最终都会死，但相比那些被惊动的怪物，我下手还是更轻一点儿的。"

小龙人带着我穿过了几幢建筑和树之间的狭长地带，每走几步就停下来侧耳细听。一开始，我还不知道我们在找什么，无意识地跟着四处乱看。但她让我不要转头，除非她要求我这么做。第三次停下来的时候，我终于明白过来，我们是在躲避一大群末影人。她让我不要四处张望是为了不让我和末影人对视，以防激怒他们。

东躲西藏了一路之后，我们终于来到了湖边。那儿聚集着一群僵尸。我们停下来，等到所有僵尸都背对我们之后再悄悄溜过去，走进水里。下行了一两格后，沙子逐渐被砂岩取代。小龙人掏出一把镐，挖了起来。因为我们在水下，她的挖掘速度很慢，但看起来很有经验，效率也很高。眼前的许多砂岩被逐一粉碎，她开辟出了一条继续前行的道路。

一个被火把照亮的房间显露了出来，看起来像某种地牢。

水涌了进去，不过没关系，小龙人马上将洞口重新堵上，阻止水流进入。不一会儿，地面就干了。

"确定？"她一边说一边打开了一个箱子，往里面丢了几样东西，"你想知道关于无主之地的一切？"

"是的。"我环顾了一下四周，"这是什么地方？"

"如果你指的是这间房间，"她说，"这是我很久以前造的一座地堡。如果有玩家或者怪物让我感到不安，我就会逃到这里。"

"为什么不在村庄里找一幢房子躲起来呢？"

我感觉屏幕对面似乎传来了一声嘲笑，虽然我看不到。

"因为那里随便什么人都可以传送到你家门口，然后趁你挂机的时候把你杀掉。"她说，"世界上就没有比那种房子更糟糕的地方了。要是无主之人找到了你，躲在房子里就相当于自投罗网，你根本没地方跑。"

她放完最后一样东西，然后转身面对我说："好了，如果你想要问关于无主之地的事情，想知道这到底是个什么地方，我建议你坐下来听。"

显然，要坐下来是不可能的，所以我只是和她并排站着，听她讲述关于无主之地的所有事情。

"无主之地，就是你现在看到的这个被遗弃的地方，曾经也是一片生机勃勃的乐土。实际上，整个世界在当时都被称

我的世界：避风港试炼

作避风港，而不像现在只有小小的一隅。那是一个开放的服务器，任何人都可以进来，自由自在地享受快乐。以前这里还有很多很酷的创意作品，树屋、航天飞机模型之类的。每个人在这里都能交到新朋友。虽然也有敌对或中立生物存在，但如果有人遭受了攻击，大家都会一起面对。

"可紧接着，一个叫作奥目的神秘管理者出现了。奥目接手服务器的那天，一切都变了。

"最先改变的是规则。奥目在游戏中新增了各种模组，白天瞬间变成了漫漫长夜。前一秒还阳光普照，后一秒便只剩下日落和夜晚。除了永夜，还有大批生物涌现出来，数量之多，前所未有。更可怕的是，奥目还在所有可能的地方放置了刷怪笼，这意味着无论你重生在哪里，往哪个方向去，都会撞见至少一两个怪物。

"还有很多规则也变了。比如说，如果不自制地图，你是找不到路的。有些玩家会在纸上绘制地图，不过前提是你得先找到纸，这是一种稀缺资源。奥目添加的模组允许你在纸上写写画画，但想要画出一张正确的地图，你得先把所有地方都跑一遍。正因如此，我们中的很多人才会一直在路上遇到麻烦，被怪物或是其他玩家攻击。整个世界里，只有一小片天堂般的土地不会被怪物侵扰，奥目将其命名为避风港。然而避风港原则上是不可到达的，除非玩家通过了避风港试炼。

"你之前说的那三个'测试'就是传说中的避风港试炼。

每一位试炼者都有五次穿越无主之地,到达平静祥和的避风港的机会。到目前为止,我已经用完三次机会了,现在只剩下两次。五次机会就是上限了。如果直到第五次都没有到达避风港,你就会被系统驱逐出去,永远不能回来。

"试炼本身也不简单,我还没听说过有谁能在没有帮助的情况下独自完成。你的朋友能去避风港,也一定是得到了帮助的,对吗?不过,我们现在可没法儿问她了,因为一旦进入避风港,奥目就会切断你和外界的联系,让你无法告知外面的人通过试炼的技巧。

"然后你问我,为什么要杀了你,对吗?原因很简单,我是一个无主之人。你知道那意味着什么吗?意味着我们是这个世界的居民,我们了解这里运作的规律,并遵守生存的法则。不要在夜晚出去,学会用最快的方式建造临时庇护所,这样就能在日落之后迅速躲起来。不过最重要的是,当你遇到其他玩家时,要做的第一件事就是跑。

"奥目还制定了一个规则,每打败一个玩家,你就能获得XP,也就是经验值。实际上,杀一个人能增加很多经验值呢。也许你并不在意你的经验值,但我在意我的。我已经认认真真搜集很久了,你知道为什么吗?

"因为如果能获得足够多的经验值,你就可以成为下一任奥目。如果我成功了,我就能接手服务器,将现在的世界再次改变。

"你没听错,奥目是会变的,前提就是你能打败足够多的玩家，攒够经验值。我有种感觉，奥目会这么做，是不想让太多玩家进入避风港。如果所有人都在忙着战斗，就没人会去那儿了。

"不过我无所谓，我只是想成为下一任奥目。总得有人站出来吧。避风港应该是个人人都能自由往返的地方，而不是只能通过战斗才可以进入，不是吗？这就是我想做的，获得足够多的经验值，成为奥目。我要让每一寸土地都成为避风港。

"我听说，完成第三个试炼之后你会得到大量经验值。不过微妙的是，除非你是奥目，不然，去了避风港后就回不到无主之地了。也就是说，如果我在这里没有攒够经验值——据说得要一万五呢，那么等我去了那边就更没可能了，因为在避风港里是无法获得经验值的，那里大概只有……快乐。反正，想要把无主之地变成避风港，我就得在通过试炼以前获得尽可能多的经验值。听说单是完成第三个试炼就可以获得好几千。

"不管怎样，你要记住，怪物、试炼、无主之人，他们都可能将你置于死地。失败五次后，你就永远没有机会回来了。

"很残忍吧，这就是奥目的所作所为。无主之地就是一片看不到希望的痛苦之地，除非你能到达避风港，那又是另一番景象。可在那之前，你得竭尽全力战斗，保护你自己，或者找到能够保护你的朋友。

"我以前也有朋友，但他们背叛了我，居然只是为了那么一丁点儿经验值。所以现在,我选择自己保护自己。这就是为什么我必须杀了你,我很抱歉。

"好了,该说的都说完了。来,把这个吃了,你的饥饿值现在很低。吃饱了吗?很好。现在转过去吧,我要拔剑了。"

第八章

翌日早晨，地点回到宝石海岸中学。在无主之地的荒原上跋涉了一夜后，茜茜完全无法在课堂上集中精神。另一部分原因是除了数学、英语、社会这些科目她还比较熟悉之外，大部分的课程都是全新的。农业科学课的老师一直在讲农场，商业研究听起来是一门很重要的课，但茜茜不太明白到底重要在哪里。还有本土语言课，确切来说就是约鲁巴语。茜茜自己不太会说，但还是能大概理解这位站在她眼前喋喋不休了一早上的老师在讲些什么，因为阿爸阿妈在家会用约鲁巴语交流，有时候也会和她说一点儿。

但她最终还是屏蔽了老师的声音，因为她的心思早已飘去了遥远的无主之地。

昨晚，小龙人和她说完关于无主之地的一切之后，就立刻杀掉了她。接着茜茜便爬上了床，但脑子里仍塞满了问题。

"我到底要怎样才能在不被杀掉的情况下找到特芮斯呢？"初始的五条命只剩下两条了，可她现在依然没有武器，没有食物，没有材料，没有任何东西。她也没办法联系上特芮斯，让她帮助自己渡过难关。按照小龙人的说法，现在摆在她面前的只有两个选择：要么缔结盟友，要么收集材料。但是在不知道具体方法的情况下，后者似乎有些艰难。并且她只剩下两次机会了，贸然行动只会给自己增加风险。

缔结盟友也是一种选择，但是上一次这么做的结果并不好——她已经为此付出了两条命的代价了！这个方法看来也不可行。

眼下似乎还有第三条路——她可以选择躲起来。

那天，她已经亲眼见过小龙人在黑暗里移动、潜行、躲藏的方式了。小龙人能确保自己不被任何人或生物发现，自己难道就做不到吗？她也可以一路这么躲着前往避风港。

"阿劳尔小姐。"一个声音将茜茜拉回现实，她这才意识到，自己一直在盯着窗外发呆。

"窗外有什么值得和全班同学分享的趣事吗？"深肤色、略微发福的约鲁巴语老师问道。她接着又将问题用约鲁巴语重复了一遍。

"没有，老师。"茜茜回答。在一片咯咯的笑声中，她忽然觉得，被众人注视的自己分外渺小。

"没有吗？"老师问，"那你不如出去找找吧。"她一边说一边冲茜茜挥舞着黑板擦，"去吧，到外面去，找个光线好的、我能看见你的地方，站着吧。"

茜茜闻言便走出教室，站到了阳光下，脑子里却依然思考着刚才的问题。她必须不惜一切代价找到一个可行的办法

我的世界：避风港试炼

来完成避风港试炼。她甚至开始盘算，要怎样才能在没有地图的情况下不迷路，需要付出什么代价才能从别的玩家那里换取到这些信息。

不一会儿，下课铃就响了。茜茜这才意识到，约鲁巴语老师早就把还在罚站的自己给忘了。同学们从教室里蜂拥而出，涌向操场，可她还在原地站着，不确定自己是不是可以走了。

"还站着呢，小妞儿？"一个声音说道。她张望了一下，发现是第一天的那个女孩儿，乔希姆口中的奥弗尔。茜茜无视了她，心里仍在为是走是留犹豫不决。

"你知道你可以走的，对吧？"另一个声音响起，是乔希姆，他走近了她，"下课了，惩罚就不算数了，这是常识。走吧，我们去吃点儿东西。"

茜茜点了点头，跟上了他，内心却愈发五味杂陈。不知道为什么，大家好像都很清楚自己该去哪儿，该做什么，该怎么做。然而这个"大家"里并不包括她。

我向避风港试炼发起了第四次挑战。这一次，我决定用潜行的方式横穿无主之地。多躲多藏，少冲少撞，避开玩家和敌对生物，避开危险和死亡。

我一重生就迅速传送到上次的村庄，并学着小龙人的样子，一路躲躲着刚落地的玩家和黑暗中数不清的生物——蜘蛛、末影人、僵尸、骷髅，还有至少一只苦力怕。然而不出所料，我很快就迷路了。

"真是太棒了。"我环顾四周，心想，"如果我都不知道要去哪里，还谈何出发呢？"

最终，我做了一件小龙人警告过的事情，那便是躲进了最近的房子里。

和大部分的房子一样，这里空无一物。我在大片空荡中思索着下一步行动。理论上来说，应该要去搜集一些材料了。靠躲的策略找到避风港虽然可行，但我也需要工具、食物，甚至武器来为自己保驾护航。

首先，我得找到一个合适的重生点，而不是每次都从荒原传送到其他地方。这个服务器里显然没有睡觉这一说，所以设置重生点的指令理论上是可以生效的，只不过不能设置在这幢房子里。小龙人已经警告过我了，这么做只会成为无主之人的瓮中之鳖。

我观察着外面，等到四下无人就迅速冲到我所能找到的最近的树丛里躲起来，并警惕着外面的一切动静。所幸无事发生，于是我着手开采。

这里有白桦树。不一会儿，我就得到了足够多的白桦木来制作工作台。我又冲回房子里，迅速合成出工作台和一把木镐。

下一步：光源。

放置火把显然会引来其他玩家，但我确实需要光来照亮前路。此外，我听说亮度越低，随着时间推移生成敌对生物的可能性就越高。既然我要在夜间赶路，那还是避开这些危险为好。这样一想，光源还是有必要的。

很纠结，对吧？

没走多远，我便找到了火把。后来我才意识到自己有多幸运，因为这附近所有的火把似乎都被拿走了。我兜了个大圈子才成功避开一群骷髅，走到了那里，不过这也不算什么。总之，没过多久，我的物品栏里便多了两个火把。

下一步：食物。

小龙人把这片区域称为"猎场"不是没有原因的。在房子和树丛间东躲西藏了一番后，我才发现，这附近就没有什么友好生物。看来"猎场"的"猎"不仅仅指猎杀玩家和怪物，还指猎杀鸡、绵羊、牛和猪之类的动物以获得生肉。

四下寻找时，我目睹了一件让我极为不安的事情。

在黯淡的黄昏里，我瞧见了一名玩家——是个男孩儿，他并没有穿什么盔甲，手上也没武器，但他的装扮很奇怪。刺猬头下一张红面具遮住了眼睛，就像超级英雄那样。同样奇怪的还有他皮肤的颜色，是一种灰棕相间的设计，仿佛一团从车库里捡的东西。不过最诡异的还是他正在做的事情：他正在敲打一只动物。"哦，看来他是想弄点儿肉。"我这么想着，然而这一猜测马上就被推翻了。

挨打的是一只猫。但令人惊讶的是，它并没有受伤，也没有死去，只是站在那里，承受着持续不断的重击。

男孩儿并没有因此而停下，他的手依然在一下接一下地挥舞着。每当承受了一定次数的敲击后，猫就会嗷呜大叫一声，再做个鬼脸，但并不还击。它古怪的样子看起来很不对劲，就好像在对它编程时出现了什么故障。它虽然通体橘黄，却并不是一只斑猫，身上的条纹倒像是一只小老虎。

男孩儿还在敲打着猫。

"嘿！"我大叫一声，完全忘了自己的处境和潜行的计划，"嘿，我说你呢，快停下！"

男孩儿抬起头，望向了我藏身的树丛，想要在昏暗中看清我的样子，但并没有成功。他会走过来查看吗？还是说会掏出定位器？正当我犹疑之时，忽然——

一支箭不知从哪里飞了出来，直接命中了男孩儿的胸膛。紧接着，一大群骷髅钻了出来，扑向了他。

我一动不动地观望着。

男孩儿很快就招架不住了。感觉上，正是打猫这件事引来了那群骷髅。男孩儿抽出一副弓箭，勉强射出三支箭，击杀了一两个骷髅。等到他杀完全部七个骷髅时，他自己也支撑不住了。他倒在地上消失了，物品栏里的东西悉数落地。

而猫还在原地。

我等了一两分钟才从藏身之处钻出来。散落一地的材料多得数不清，而且都是我需要的！肉、小麦、煤炭、铁块、种子，甚至还有鱼和苹果。我把它们都捡了起来，当然也包括男孩儿的弓箭。他杀死的骷髅掉落了一些骨头，还有一个

我的世界：避风港试炼

甚至掉了一支箭，我都捡起来放进了物品栏。

男孩儿还掉了一样物品。当我捡起来细看时，简直不敢相信自己的眼睛。

那是一张地图。

"哇，"我想着，"真走运啊！"

把地图也放进物品栏后，我转头看向那只猫。它依然站在原地。我记得猫是吃鲑鱼和鳕鱼的，看来这只猫的运气比较好，因为我新收集到的战利品里正好有两块鲑鱼。我将它们拿出来，递了过去。

猫并没有立刻就接受我的好意。它看起来有些愠怒，低沉的呼噜声像是在耍脾气，好在并没有恶意。过了好一阵子，它才叼过第一块鲑鱼，一口吞下，接着又消灭了第二块。

一串小爱心出现在了它的头顶。

转身离开时，猫跟了上来。我们来到了最近的一幢房子里，一路上它都在发出各种声音，所幸并没有引来什么敌对生物。"东躲西藏的日子就快结束了！"我高兴地想着。现在我有地图在手，等弄明白上面的每一个地点后，我就可以四处传送了。

我决定在这幢房子里暂时避一避，顺便研究一下地图上的信息。然而坐下来之后，我才发现自己很难集中注意力，因为猫一直在我身边转来转去。一旦被驱赶，它就会发出嗷呜的叫声，然后做鬼脸。

"闹闹，"我说，"就这么叫你了。谁让你总是吵吵嚷嚷的。"

　　它又嗷呜了一声,仿佛在回应。我重新展开地图——下一步该怎么做呢?

第九章

第二天午休时,茜茜又坐到了餐厅的小角落里,埋头看着她从男孩儿——无主之人那里获得的地图。

不出所料,那是一张玩家自制的无主之地全域地图,三个避风港试炼点都被清晰地标注了出来。那个一直在打闹闹的无主之人还在地图上做了一些标记,茜茜费了好些工夫才弄明白这些标记都是什么意思。

前一晚,她用平板电脑把地图截了图,然后打印在纸上,这样就可以拿到学校里看了。此外,她还花了些时间来标注对她来说很重要的几个地点。除了已经确定的三个避风港试炼点以外,她还将不同的生物群系划分了出来。

当然,这一切的代价便是,第二天早晨,昏昏欲睡的茜茜睡了一整节社会课,所幸老师并没有注意到她。

在餐厅里,茜茜又研究了一会儿地图。她之前曾凭直觉将无主之地分成了三片区域——沙之地、青之地和山之地。这种分法果然是正确的。不过,她设想中每片区域的生物群系与实际情况还是略有出入的。比如说,青之地里既有草原,又有黑森林，而村庄所在的草地看起来却像干涸了一般。青之地旁就是巨大的沙之地，不断延展着，仿佛要将一切绿色吞没。

男孩儿在青之地里做的标记不多，除了村庄就只剩下两个点了。第一个点是一小片水域，茜茜认出来，那就是小龙人修建水下庇护所的地方。第二个点被标记为黑森林，而紧挨着黑森林的一个记号却瞬间让茜茜充满恐惧。那上面写着"林地府邸"，紧随其后的还有一行字——"第一试炼：唤魔者"。

茜茜知道唤魔者是什么，那是灾厄村民的一种。在《我的世界》里，灾厄村民是一类敌对生物族群，他们会主动攻击所看到的一切玩家和友好生物。然而唤魔者又有所不同，因为他们能够施展法术召唤恼鬼，那是一种专属于他们的，全副武装且会飞行的敌对生物。被召唤的恼鬼十分狡猾，且难以击败。它们可以穿越包括水、熔岩、石头在内的任何方块，且不会受到伤害。攻击的时候，它们还会悄悄绕到玩家背后。茜茜在网上看过一些与唤魔者战斗的视频，单从那些玩家的武器、技能和敏捷度就能看出来，想要打败一个唤魔者，可不像在公园散步那样简单。

沙之地里有茜茜最初见到的那片荒原。虽然荒芜一片，上面的标注却几乎是青之地的三倍。大部分记号都代表着刷怪笼，只有一个是例外。那上面写着"第二试炼"。除此之外，就没有更多信息了。

山之地严格来说并不是一个区域，而是一条山脉，将前

我的世界：避风港试炼

两片区域和一片看起来与地图格格不入的灰色地带分隔开来。那里空无一物，没有记号和标注，也没有地形提示，只有四个大字："无法传送"。旁边还写着"第三试炼？"最后一个问号大得惊人。

单凭这些，茜茜还是推断出了一些事情。第三试炼，也就是最后一个试炼点，一定在山之地附近，并且根据她的猜测，不完成前两个试炼是到不了那里的。因为能在沙之地和青之地使用的传送，到山之地却失效了，这很可能意味着只有完成前两个试炼之后，山之地的传送才会被解锁。但如果她猜错了，就只能一路步行到山里了。不管怎么说，这趟旅程一定会充满艰险。

刺耳的铃声忽然响起，将茜茜从神游中拽了回来。午休结束了。她抓起地图跑向教室，大脑却仍在飞速运转着。要怎样才能用仅有的两条命、为数不多的材料和一只无用却仍黏在她身边的猫来完成三次避风港试炼呢？

还有好多计划要做，留给她的时间却不多了。与特芮斯重逢仿佛成了她生命中最艰难的一件事。

"你在看什么？"

放学后，茜茜来到停车场的等待区等阿妈来接她。等待时，她又抽出那份地图开始研究，并思考着怎样才能用两条命在这个变幻莫测的世界里活下来。乔希姆忽然从她身后探出头来，眼睛盯着那张纸。

"哎，这是个什么世界啊？"他问道，"从来没见过这样的。"

"没什么。"茜茜说着就想把地图收起来。

"没道理啊。"乔希姆边说边用手擦了擦长椅的椅面，然后紧挨着茜茜坐了下来，"为什么在看起来是沙漠的地方会有刷怪笼呢？"

"对吧！"茜茜不由自主地回应着，"不仅仅是刷怪笼——那里的一切都乱七八糟的，就没有正常的事情。"

"你说那地方叫啥来着？"

"不是我说，"茜茜说，"大家都说，那叫无主之地。"

"无主之地，"他说，"听起来很危险啊。"

"确实危险。"

"那你为什么还要去呢？为什么不玩些简单轻松的？我就喜欢玩最最简单的模式，让自己开心就行了，没必要弄得一惊一乍的。"

"天哪，我也是！"茜茜说，"但这次是为了找到我的朋友，我必须得去。虽然我现在都不知道要怎么过关。"

"嗯，如果你哪天需要帮助了，"乔希姆说，"我会很愿意陪你一起想办法的。"

于是茜茜告诉了他所有的事情：自己是如何在特芮斯搬家后跟她断了联系，又是怎样在穿越无主之地时遇到了小龙人和闹闹；还有那三个试炼点，她必须全部完成才能去到避风港和特芮斯重逢。

我的世界：避风港试炼

乔希姆专注地听完后，吹了一声响亮的口哨儿。

"哇哦，"他说，"所以你需要在只有两条命和一副弓箭的情况下过关？"

"听起来没戏，对吧？"茜茜说，"我知道。"

"嗯，那可不一定。"乔希姆说，"你刚说，青之地和沙之地都是能传送的，对吧？"

"对的。"

"那就别到处乱走了。如果你想要去一个地方，就传送到那附近，等确定周围环境安全之后，再慢慢走过去。而且，你唯一该去的地方只有两个，就是你的基地和试炼点。"

"我没有基地。"茜茜说，"我也没法儿有，因为到处都是敌对生物和玩家。"

"那就要确保你的重生点设置在安全有光的地方。"他说，"这样，你就不会每次都重生在沙漠中心，或者被村庄里的玩家和怪物吓到了。"

"我知道重生点该放在哪儿，'懂王'先生。"茜茜说。

乔希姆立刻举手投降。"抱歉，抱歉，我知道我说得太多了。"他伸出一只手，"让我再看一眼地图吧。"

茜茜把地图递给他，乔希姆迅速扫了一眼。

"啊，看这儿。"他指着黑森林说道，"不会有玩家想去黑森林的。哪怕外面有光，里面也还是太黑了，很容易就会生成怪物，不是吗？而且这还离第一试炼点很近！等你传送过去后，如果可以，就立刻建一个地下庇护所。周围有那么多树作掩护，你也不需要门和窗，因为反正都是黑夜。总之，把你的基地建在地下，然后装上火把，再把你的重生点设置在里面，就大功告成啦。以后你就可以直接从那里传送到村庄和试炼点了。"他满意地搓了搓手。

"那猫怎么办？"

"什么猫？"

"闹闹。我和你说过的，它老跟着我。"

"嗯，我猜如果你用传送，它就不会跟上来了。这样更好，你不会想要在挑战试炼的时候还带着个拖油瓶吧。"

这听上去和特芮斯说的完全相反。特芮斯说如果想去避风港，就得用上所有可能的帮助。不过，茜茜也确实获得帮助了，不是吗？最开始是小龙人，虽然这份帮助的代价有点儿大。现在，她又得到了乔希姆的帮助，他提的建议或多或少解决了萦绕在茜茜心头的一些问题。如果她能成功在第一试炼点附近搭建基地，就可以有更多时间来探索并熟悉周围的环境，找到唤魔者并安全返回。当然，返回的前提显然是得先打败他，以及那些被他召唤出来的恼鬼。

"谢谢你，乔希姆。"茜茜笑着说，"你的建议很有用。"

"没什么。"他说，"还有，叫我乔就好。每个人都这么叫我。"

"好。"茜茜说着，叹了口气，"这游戏以前很好玩儿的，那时候还有特芮斯和我一起待在银橡园里。现在，我只觉得要做的事情好多，而且还特别……"

我的世界：避风港试炼

"孤独？"乔希姆的脸上流露出一丝伤感，"我也是，不过我倒没有像你俩那样沉迷于造东西。我和我小学的朋友们都喜欢打怪，我们甚至专挑那些最厉害的敌对生物，只是因为喜欢。我们还会找没有铁傀儡的村庄，去保护那里的人不受灾厄村民侵害。"他叹了口气，"现在，朋友们要么搬走了，要么因为各种原因不再玩游戏。对我来说，一个人玩《我的世界》就没意思了，我也不想去和不认识的网友玩。因为这个，我已经很久没打开游戏了。"

茜茜刚想开口问他要不要和自己一起玩，却记起银橡园已经不复存在了，她也不想和乔希姆单独开辟一个世界出来。此外，她还不能邀请他去无主之地。因为首先，这并不是她的服务器；其次，特芮斯只邀请了她一个人去避风港。而且是乔希姆自己说的，带着拖油瓶应战会很累。这样正好，反正她还没有很了解他。

就在此时，阿妈的车驶进了停车场，将茜茜从窘境里解救了出来。她起身时，阿妈已经在四处张望寻找她了。

"我妈妈来了。"她说，"再见啦。"

"再见。"乔希姆向她挥手道别。

车里的阿妈露出了一个狡黠的微笑。

"那是你的新朋友吗？"她问。

"嗯。"茜茜说，"乔希姆，不过我们都喊他乔。"

"哇哦，真是个好名字。"阿妈边说边又张望了一下，"人也是个好人，看起来是个干净整洁又安静的孩子。"

"我们能走了吗?"茜茜说。然而阿妈已经摁着喇叭,在跟乔希姆挥手了。男孩儿惊讶地抬起头,但立刻咧开嘴笑了,同样也挥了挥手。茜茜发出了郁闷的吼声,赶紧顺着座位往下滑,直到消失在窗边。

"快走了,阿妈!"她说。

"哦,我让你尴尬了吗?"阿妈边说边发动车子,"你交了个不错的朋友,我只是感到很开心,没别的意思。或许你可以邀请他来家里吃午餐,我们可以彼此多了解了解。"

茜茜翻了个白眼。上一次来她家吃饭的还是特芮斯,看看俩人的关系现在变成了什么样子。在找到特芮斯之前,她绝对不会再邀请任何人共进午餐了。要把心里的那个位置腾出来给别人,恐怕还要等上很久呢!

第十章

在掌握了更多关于无主之地的信息以后,我踏上了挑战第一试炼的征程。

游戏加载完毕,我又回到了之前的房子里。闹闹在我脚边,等着我的下一步行动。我在心里提醒自己,还没有设置重生点。一旦发生了任何事情,我都会回到沙之地,也就是服务器默认的重生点。

我透过窗户向外张望,看起来附近并没有任何怪物或者无主之人,不过远处倒是有一些眼睛在闪烁着。我赶紧蹲下去,摸了摸闹闹。

"该走啦,我的朋友。"我说,"就是不确定这趟旅程能不能带上你。"

闹闹又嗷呜了一声,就像普通的小猫一样。看起来,它并没有因为将要被抛下而苦恼。放心一些后,我拿出了地图,开始寻找黑森林的方位。

目前的计划是这样的：既然第一试炼点就在黑森林里，我可以把重生点和地下基地都放在紧挨着黑森林的地方，这样就能随心所欲地在试炼点和基地之间来回传送了。村庄则只在必要时再回去。

地图上显示，要去黑森林还得再往西北方向走很远，所以传送是最快的方式。然而坏消息是，如果我直接传送进黑森林，哪怕是边缘地带，也一定会有不计其数的敌对生物在树的背后对我虎视眈眈。这显然不是什么好计划。

于是，我将原本在黑森林的坐标往东南方移了几格，这样就能传送到黑森林之外。将新坐标输入对话框后，我按下发送键。

周围的世界再次旋转，将我丢进一片无尽的灰暗与虚无之中。

"坏了。"我想，"看来是我算错了，被传到奇怪的地方了。"

然而很快，周围的一切再度变化，我的恐惧也随即消退。世界在我眼中慢慢成形。

眼前是一片铺满绿草的高地，四处都很空旷，就像村庄那样。唯一的不同在于我能瞧见不远处的黑森林，密密麻麻向周围延展。抬头还能看到，黑森林的中心高耸着一座精致的木制府邸。

从我所处的位置来看，那幢建筑很像我和特芮斯在银橡园的房子，只不过它要更豪华一些。高而宽的房子有着深棕色的屋顶，砌着灰色的圆石墙，还有很多扇窗户。单从外观

我的世界：避风港试炼

上我就能判定，这里面一定有许多个房间，就像我和特芮斯的房子一样。想要把整片区域都探索完恐怕得花好多时间。

同时我也意识到，第一试炼里的唤魔者就住在这里。

"看来是时候造个基地，准备一下了。"我想着。谢天谢地，我还是很擅长造东西的。

夜晚将至，如果不赶快行动，成群结队的怪物就要出来了。我在尽可能靠近黑森林边缘的地带找到了一处合适的位置修建基地。在银橡园积累下来的大量经验让我对建造地下室的步骤烂熟于心。此外我还记得，地下建筑最好要藏在不起眼儿的树木旁，因此黑森林边缘的那些树是很理想的选择。

我在一个小山坡附近选了片长满青草的地方开始挖掘。

首先，我需要做出大约九格深的楼梯，在那之下再建房子，这样可以防止路人随手一挖就进到我家来。可惜我没有活塞之类的工具，没办法一次推动好几个方块——在银橡园的时候，我们可有好多。现在，我只能想方设法让挖掘工作省力一些。

挖到适宜的深度后，我在台阶上放了个火把，然后跑回黑森林边缘收集了一些木头。用木头做楼梯的好处就在于我能够很容易就找到入口。要是我哪天忘记了基地的位置，就可以在这附近随意挖掘一下，找到木头就等于找到了基地。

从我所处的位置望去，黑森林还是很吓人。林外夜晚未至，林内已是漆黑一片。目之所及的最远处，有几双眼睛闪烁着。我赶忙将视线移开，生怕对上的是末影人的眼睛，那样的话，一场恶战就在所难免了。

所幸无事发生，我也收集到了足够多的木头，回到地下合成了一张工作台。接着，我又稍微拓宽了一下空间，用木头重建了台阶，并做了好几个火把，其中一个就放在入口处。

最后，我把顶部完全封了起来。

"好了。"我站在台阶上想，"第一步大功告成，之后就有点儿难办了。"

不过说实话，接下来的工作还算不上是最难的，只需要把房间造出来就好了。

我又回到台阶底部，向前、左、右三个方向分别挖了七个格子，并在每个通道尽头放好火把。接着，我又花了很长时间将它们彼此打通。这实在是一桩累人的事。

好在不久之后，我便有了一间宽敞明亮的地下室，还有台阶一路通向地面。

"简易款，"我想，"还算凑合。"

工作台被放在了房间一角。我又合成出四个木头箱子，并把它们两两相连，组成了两个大型箱子，放在另一个角落。为避免死的时候丢失材料，我将所有东西都暂时存进箱子里，等有需要的时候再取出来。我一边放一边数着：一把弓、十六支箭、十一块煤炭、四块生牛肉、四块牛排、一块熟猪排、三块生羊肉、十二个苹果、五捆小麦、三个粗铁块、三粒小麦种子、九颗甜浆果、二十四块木头、六十四块沙子、六十四块泥土。

我的世界：避风港试炼

  我只把泥土和沙子留在了物品栏里，剩下的都一股脑儿塞进箱子。瞥了眼自己因为工作而下降的饥饿值，我又吃了一块牛排、一个苹果和两颗甜浆果。现在食物的库存就变成了这样：四块生牛肉、三块牛排、一块熟猪排、三块生羊肉、十一个苹果、七颗甜浆果。

  吃饱喝足后，我又设置好了重生点。现在终于能开始制订对林地府邸唤魔者的进攻计划了。

第十一章

一觉醒来，我开始备战。

首先，我确认自己准备好了战斗所需的物品和必要信息。在网上看了几个小时与唤魔者相关的视频后，我已经从中学到了打败他们的技巧，那就是避免一切近战，只要远远地向他们射箭就好。这是因为，唤魔者的攻击并不仅限于召唤恼鬼，他们还能从地面释放尖牙。这些尖牙会迅速合上，把人吃掉。此外，他们的移动速度也很快。从远处进攻可以避免被打个措手不及，而且我还正好有最适合远战的武器——弓箭。不过以防万一，我还需要另一件手持武器，因此，眼下要做的第一件事就是锻造一把全新的剑。

我一边锻造剑，一边在脑中又过了一遍战斗计划。在我看过的大部分视频里，玩家们都喜欢直面唤魔者，那是因为他们有钻石做的精密武器。哪怕是远程作战，他们手上拿的也都是改造弓、附魔箭之类的好东西。反观我身上，只有一

我的世界：避风港试炼

些石头做的玩意儿，比如那几支箭。但还好，还是有一个视频分享了一种更简单的打败唤魔者的方法，很适合我这样没什么装备的玩家。

秘诀嘛，就是不要跑到林地府邸里面。

其实在没看视频以前我就知道，每一座林地府邸大概都有三层楼，想要到达顶层找到唤魔者，就必须一路打怪打上去。不过这个视频里介绍的方法是从暗处攻击身在顶楼的唤魔者，具体来说就是从林地府邸外部爬上屋顶，然后通过窗户向内窥视，确定唤魔者的位置。如果我足够幸运，就能在不被发现的情况下打碎玻璃，迅速射出我的箭。在完美射中的前提下，只需四支箭就可以结束第一试炼。

听起来够简单了吧？然而摆在我眼前的还有另一个小问题：我不太会射箭。

事实上，我对战斗根本一窍不通。于我而言，多次尝试换来一次命中才是更可能发生的情况。幸好我有十六支箭，这就意味着我可以射偏十二次，容错率还挺高。

然而我不知道如果他趁我射偏时移动到我身前，我该怎么办；我不知道在他召唤出可以穿墙攻击我的恼鬼后，我该怎么办；我甚至不知道自己到底有没有把握赢下这场战斗。但是，我必须试一试。

我爬上台阶，挖开头顶的两块草地，探出了脑袋。恰逢日落，鲜有怪物出没，正是进攻的好时机。

我做了个深呼吸。是时候去战斗了！

为避免穿越黑森林可能会遇到危险，在确认林地府邸的坐标后，我直接传送了过去。和上次一样，我落在了距它几格远的位置，站定后我并没有立即行动，而是趁着日落寻找一切异样的响动，手也搭在弓箭上。不过四周都毫无动静。

于是我开始向上攀爬。

靠近了才发现，林地府邸比我想象中要大得多。它深棕色的屋顶高耸在树木上方，像极了一座教堂。我动作迅速，寻找着一个又一个攀登点，并祈祷不要撞上什么怪物。最后我终于和黑森林的树冠层一样高了。我顺势攀上一棵树，再跳到另一棵上，接着再跳一棵。我感觉自己好像人猿泰山，整片黑森林都在我的脚下。

不一会儿，我就来到了紧挨着林地府邸的那棵树上，轻轻跳到屋顶，又匍匐着爬到窗边，偷偷向里面张望。

整座林地府邸内部都被火把照亮。我在的位置正好能够远远看到唤魔者。

我整个人一激灵。我是对的！

你绝对想不到，那些穿着黑色长袍的灰皮肤唤魔者有多丑陋。眼前的这位正在房间里来回踱步，双手插在长袍袖子里，圆睁的双眼充满了恶意。他转向我时我赶紧溜走，躲在了窗户旁的墙壁后面。

唤魔者来到了我附近的窗边向外张望。我屏住呼吸，躲在墙后一动不动，直到他转身离开我才敢重新向里看。他此时已经走到了房间的另一头，在另一扇窗户前探头张望。头顶的日落就要结束了，夜晚就要来了。

"机不可失，时不再来啊，茜茜！"我告诉自己。

略一前倾，我一下砸碎了玻璃，然后将第一支箭搭在弓上，用力拉满。

接下来的一切都发生得奇快无比。我首先注意到的是身边忽然出现的异响，有什么东西飞速掠过，吓得我在转头的一瞬间失手将箭发射了出去。还好，那支箭命中了唤魔者的背部。

紧接着，四个无主之人出现在了屋顶上。

三个男孩儿，一个女孩儿，四人都穿着奇怪的绿色伪装，看起来是特意设计的，为的是能与黑森林融为一体。刚才我经过林地时他们一定就在暗处躲着，只是我没发现而已，毕竟这个服务器不会显示用户名。然后，他们大概又一路跟着我来到了这里。

"见鬼了。"我想。

紧接着，屋顶上又出现了第五个影子，那是一只有橘色条纹的动物。其余四人的眼睛都牢牢锁在它身上，可它明明在向我奔来，大大的眼睛扑闪着。

"闹闹？"我脱口而出。

"回来，你个小……"其中一个男孩儿忽然向闹闹扑了过去。

不知哪里传来了嗖的一声，说时迟那时快，六个陷阱形状的尖牙从屋顶上冒了出来。等那个男孩儿看到这一切时,已经太晚了。

饥饿难耐的尖牙瞬间合上,将男孩儿吞入其中。他砰的一声消失了,物品栏里的东西散落一地。

伴随着一声低吼,唤魔者从破碎的窗户里跳了出来,跃上屋顶。

第十二章

唤魔者横插在我们所有人中间,一边是我和闹闹,另一边是剩下的三个无主之人。

唤魔者举起双臂,周围生成一阵阵旋风,仿佛蓄力一般。

坏了!我意识到他这是要召唤恼鬼了。

于是我做了眼下能做的唯一一件事:挽弓—搭箭—蓄力—发射。

箭完美命中了唤魔者,但为时已晚。他早已召唤出了四只恼鬼。

近看,恼鬼就像长了翅膀的幽灵,只不过它们还拿着铁剑,会发出蝙蝠一样的叫声,比唤魔者的移动速度还快,而且总是一副怒气冲冲的样子。它们盯上了那三个站在一起的无主之人。

"见鬼!"其中一个男孩儿大叫一声,迅速跳开。他被两只恼鬼追着,一下跑得不见了踪影。另外两只恼鬼则向另外两人飞去。他们双双抽出武器，女孩儿用金剑，男孩儿用金斧，试图奋力击退眼前的敌人。

而唤魔者则转过身，面对着我和闹闹。

我赶紧又抽出一支箭，但拉弓蓄力的过程实在太久了。如果现在松手，射出的便只是半弦的箭，伤害也只能打出一半。于是我继续保持着拉弓的姿势，等待满弦。

唤魔者的速度可比我预想中的要快多了。他再次举起双臂，召唤出一组尖牙。我想向侧边闪避，却撞上了闹闹作为一只猫的"拿手好戏"，那便是挡住主人的去路。一瞬间我无法移动到目标位置。不过这小小的阻挡居然救了我一命，因为就在闹闹所处的位置，一个尖牙瞬间冒了出来，又迅速合上，将它吞入其中。

"不！"我发出一声惨叫。然而当尖牙消失时，闹闹居然毫发无伤地蹲在那里，还冲我嗷呜叫了一声。

"对哟。"我想起来了，"你是不会受到伤害的。"

此时箭已拉到满弦，我对准唤魔者射了出去，可惜还是偏了。

"可恶！"我正想着，唤魔者再次手臂一挥，又召唤出了四只恼鬼。

恼鬼的速度比唤魔者快得多。我勉强用半弦的箭射死了其中一只，有两只转去攻击那些无主之人，最后一只则径直向我冲来。我一跃而下，穿过破碎的窗户来到房间里，它也穿墙追了上来。我赶紧抽出一支箭，在它举剑扑向我时发射出去。恼鬼惨叫一声，眼看铁剑就要砸中我的脸，却在距鼻尖一寸的位置灰飞烟灭。

好险！我长出一口气。

我敲碎了另一扇窗，探头看见那三个无主之人还在屋顶上，一边与恼鬼们搏斗，一边四处闪避着尖牙，还不放过任何能够攻击唤魔者的机会。然而无论他们怎么努力，唤魔者看上去都毫发无伤，甚至还在不断召唤出更多的恼鬼。

见状，我并不急着从藏身之处出来，而是抽出第三支箭，缓慢平稳地拉开，瞄准了唤魔者。松手，命中目标，再赶紧抽出下一支。只差最后一击了。

"别让她杀了他！"其中一个无主之人喊道，"如果她射中了，就能拿到不死图腾了。"

什么死什么疼？

最早被恼鬼撵走的那个男孩儿此时从人群中抽身出来，并迅速朝我射了一箭。

忽然，闹闹不知从哪里冒了出来，从我身前飞过的同时张大了嘴巴，嘴角咧开的幅度简直超过了猫的极限。它一口将箭吞下。

什么情况？

男孩儿和我同样震惊，但他迅速反应过来，又抽出另一支箭。这次他没有蓄满力，但箭的速度依旧很快。

箭与我的脸仅差毫厘之时，闹闹又出现了。这回我看清了，它并不是跑过来的，而是出了故障般瞬移过来的。不管原本在哪里，它总能在合适的时候出现在箭射向的位置，然后张大嘴巴把箭整个吞下，我甚至能数清它嘴里的牙齿。做完这一切后，它毫发无伤地落回地上，一脸若无其事，甚至还冲我嗷呜叫了两声。

我沉浸在遭受攻击和目睹闹闹吞箭的双重震惊之中，完全忘记了唤魔者的存在。此时的他已经召唤出足够多的恼鬼来应付那些无主之人，所以，带着对上一支箭的愤恨，他转向了我。只见他高举双臂，紫色的烟雾开始升腾，尖牙又从地上冒了出来。我来不及闪躲，脚被狠狠刺中。伴着受伤的剧痛，我瞬间掉了六点生命值。

"原来是这样。"我忽然明白了。闹闹能够保护我不受玩家的伤害，但这种保护对敌对生物无效。

那么现在只有一件事需要我做了。

我拿起弓，搭上箭，拉满弦，瞄准唤魔者射去。正中目标。唤魔者先是剧烈颤抖，接着摇晃了几下，最终倒在地上消失了。

"第一试炼完成！"我的对话框里跳出如下提示，就像游戏节目一样，"恭喜！"

我站在原地，欣喜若狂到几近窒息。"我刚刚……完成了第一试炼吗？"

"看！不死图腾！"原本躺着的唤魔者已经消失了，取而代之的是一个小物件。无主之人中的那个女孩儿边喊边跳了过去，然而无论怎么努力，她都没法儿捡起来。

我的世界：避风港试炼

"哈，这是怎么了？"她忽然转向我，"先是这个女孩儿带走了幸运护身符，然后现在，我连个不死图腾都捡不起来？"她朝我逼近了两步，"你到底是谁？"

幸运护身符？不死图腾？这些人都在说什么啊？

"我……我……"我后退了两步。

"没事，我们只要从她那里抢过来不就好了？"拿着斧头的男孩儿说道。他刚把最后一只恼鬼杀死，现在正带着另一个手握弓箭的男孩儿朝我走来。

"说得对。"弓箭男孩儿附和道，"我们只要把她从服务器上清除出去，就可以想要什么就有什么了。"

他们把我和闹闹团团围住，弓箭男孩儿和斧头男孩儿站在两侧，持剑女孩儿站在最前面，缓缓向我靠近，提防着我的一举一动。

"我们一起攻击她吧。"持剑女孩儿说，"护身符不可能一次挡下我们所有人的。"

"护身符确实不会，但我可以。"忽然，另一个声音响起。

所有人都回头望去。

出乎意料的是，站在屋顶边缘的居然是小龙人。她的手里是一副拉满的弓，箭头正指向最靠近我的弓箭男孩儿。

"你再往前走一步试试看。"她说，"现在慢慢转回去，离开这里。我劝你们自重。"

三人面面相觑。

"我们能打赢的。"弓箭男孩儿说，"我对付这个，你俩去解决那……"

话音未落,小龙人的箭便已离弦,直直扎进弓箭男孩儿的身体里。他颤抖了一下,然后砰地消失在一团云雾中,随身物品散落一地。不过更惊人的是,他的脑袋也掉了下来!在场的每个人的眼睛都瞪得比铜铃还大,尤其是我。显然,这个世界里的玩家被其他玩家击败时就会发生这种事,这不过是奥目的某个诡异模组罢了。我忽然很想知道,被小龙人杀掉的那两次,自己的脑袋是什么样的。

"她只射了一箭!"持剑女孩儿惊呼道,倒退了两步,把剑插回剑鞘中,"那是改造过的弓和附魔箭!"

"还算聪明。"小龙人说着,又抽出另一支箭,"还有谁想试试吗?"

"我们马上就走,马上就走。"持剑女孩儿一边说,一边和斧头男孩儿一起慢慢往后退。距离一拉开,他们便立刻转身跳下屋顶,攀上树梢,匆忙离开。

小龙人将她的弓箭收好,转身看向我:"我们又见面了,茜茜。"她冲持剑女孩儿试图捡起来的那个东西示意了一下:"去拿你的图腾吧。"

"谢……谢谢你。"我费了好大劲才说出这句话,同时还思考着她为什么要救我。

"这是你应得的。"她说,"刚才那些就是欺负人的恶霸,我讨厌恶霸。"

我一点点挪到图腾旁边,全身的动作都因为刚才的事而

我的世界：避风港试炼

迟缓了下来。我慢慢将它捡起。

"不死图腾！"对话框忽然弹了出来。

"这个图腾是干啥用的？"我将其放在手中翻来覆去地观察了好一会儿才问道。它看起来就像是一片装饰了许多珍贵宝石的木板，然而没有一种材料是我认识的。

"啊，我忘了你是个小菜鸟。"小龙人说道，"简单来说，你手中握着的就是一条命。"她指了指依偎在我脚边的闹闹，"把这个给你的幸运护身符……"

"我的什么？"我顺着她手指的方向看过去，"谁？闹闹吗？"

"闹闹？你还给他起名字了？"

"是啊，因为它总是吵吵闹闹的，还喜欢嗷呜乱叫。"我低头看了看这只毛茸茸的小猫，现在它正窝在我脚边忙着它自己的事情，"幸运护身符又是啥意思？"

"你要学的还有很多。"小龙人说，"走，我们先离开这里。唤魔者随时会回来的。"

"回来是指……重生？我以为唤魔者是不会——"

"这是无主之地，"小龙人打断了我，"没什么是不可能的。"

好吧，至少这句话她说对了。

"我倒是有个地方能去。"我说，"在地下，离这里不远，我们可以传送过去。"

"哦，不不不，不可以。"小龙人说道，"你刚已经完成了第一试炼。一旦你开始了避风港试炼,就再也不能使用传送了。从现在起,你要独自一人对抗这庞大而邪恶的无主之地,并且还只能走着去。"她从屋顶跳到了一棵树上,"挑战者,欢迎来到奥目的游乐场。你最好走快点儿,黑夜就要来了。"

第十三章

黑森林比想象中要小得多，回基地的路也比预想中要短，不过沿途还是有很多坎坷。我们碰到了一大群到处乱窜的生物——一些蜘蛛、几个僵尸、几个骷髅、一个末影人。事实证明，小龙人确实是战斗的一把好手。她一路劈魔斩怪，就像切黄油一样毫不费力。不同的攻击动作被她组合成一套套招式，武器也会根据远近战和防守的需求不断变化，剑、弓、盾在她手中切换自如。有些敌对生物甚至来不及接近我们就被击倒，发出几下噗噗声之后就消失不见。如果没有小龙人和她的武器，我大概只能全程躲在闹闹后面了。

很快我们就离开了黑森林，回到草地上。夜晚就要来了。我花了点儿时间才找到那棵掩护着基地入口的树。在等我的过程中，小龙人又击杀了一只苦力怕和两个僵尸。在找到基地入口的树后，我迅速向下挖出台阶，不一会儿我俩就回到了基地里。

"不错嘛。"小龙人环顾着房间说道,"不过你建造它是白费工夫,因为我们本该在今天就离开这里的。"

"为什么?"

"因为如果你要完成第二试炼,就得离开这儿,回到荒原上。"

"确实。"我顿了顿,"那第二试炼是什么呢?"

"凋灵。"

虽然隔着屏幕,但我还是很确信,她说这话时,一定被我震惊到僵直的样子逗笑了。

"凋……凋灵?"

"没错,一个活的凋灵哟。"小龙人说道,"更恐怖的是,你得自己把它造出来。"

"我不理解。"

"等到了那儿你就知道了。"

我再次打了个哆嗦。虽然我不太了解凋灵,但有一件事我还是很清楚的——它们是整个《我的世界》里血条最长的生物之一。想要打败它们需要最上乘的武器和力量药水之类的东西,可我什么都没有。

"唉。"我边说边打开箱子,将所有物资逐一取出。我真希望有个地方能让我坐下来。

"你还好吗?"

"不好,"我说,"一点儿都不好。"

我们沉默地站了一会儿。

我的世界：避风港试炼

"好尴尬！"小龙人说，"你到底怎么了？"

"我只是……"我胡乱地拨弄着剩下的工具和材料，一件件放进物品栏里，"为了找到我最好的朋友，我把要做的、能做的每件事都做了，只是没有一件可以顺遂心意。这一切都……太过了。"我停下手，"凋灵？我真不觉得自己能应对得了，这样的尝试又有什么意义呢？或许我就该直接放弃。"

小龙人沉默了。以前，她只在躲避怪物时才不说话。这是有史以来第一次，她既没有说俏皮话，也没有开玩笑，只是沉默着。

半晌，她说："其实，我相信你能做到的。"

我用力把箱子合上，反问道："你看过我的物品栏了吗？你看过我射箭的样子了吗？在外面我就是个废物。"

"你能在无主之地存活那么长时间，就已经比你想的要强大很多了。"

"我不知道，我只是——"

"听我说，"小龙人说，"往好处想，你有不死图腾，和凋灵战斗还是有胜算的。哪怕生命条见了底，你也不会立刻死去，除非你先把图腾给用了。再说，你还有幸运护身符……"

"说到这个，它到底能干什么？"我指着一路跟着我、现在正蜷缩在墙角的闹闹问道。

"应该是'他'，他是你在这个游戏里所能找到的最强大的资源。"小龙人强调了"他"这个字。我从来不知道，闹闹居然也能被称作"他"。

"为什么?"

"因为只要幸运护身符——也就是闹闹,在你身边,就不会有无主之人能够伤害你,永远不会。"她朝闹闹打了个手势,"说起来,我想问问,你是怎么让他乖乖保护你的?"

"我喂他吃了三文鱼。"

"就这?"

"就这。"

"哇哦,你知道我找他找了多久吗?从来到这个世界的第一天起,我就听说了关于不可移除的故障猫的传说。每个无主之人都在找他,但我至今从来没有遇到过一个成功的幸运儿,直到现在。"

"其实不如说是他找到了我。"我边说边注视着闹闹,"所以他其实并不该出现在这个世界里,是吗?"

"没错。"小龙人说,"他曾经只是个友好生物,但在奥目的一通操作下出故障了,最后拥有了保护玩家的能力。如果有无主之人试图攻击你,他就会挡在前面,吞下他们的武器。奥目尝试过将他移除,我猜最后失败了,于是就放任他在这里了。不过他们还是成功改写了部分程序,使他一次只能保护一位玩家,也就是当前的主人。只要幸运护身符的主人还活着,那个人就会一直受到保护。而想要把他从当前主人——也就是你的身边夺走的唯一办法,就是用某种方式让你俩彻底分开。一般来说,得让你被怪物一类的东西杀死,毕竟玩家动不了你一根手指。再或者就是把他从你身边引开,分开足够长的时间后或许就能获得他的忠诚和信任。我猜可以通过喂食做到这一点，毕竟你就是这么做的。"

"哇。"我望着在墙角甩着尾巴舔舐自己的闹闹，不禁对他刮目相看。"所以，他其实本不该出现在这里，也不该有这些能力？"

"完全不应该。"

我又转头看向小龙人："你来这里多久了？"

这个问题让她吃了一惊。"有段时间了，"她话中暗藏的叹息被我捕捉到了，"久到我已经把前两个避风港试炼都完成了。"

我瞬间睁大了双眼问："你打败了凋灵？"

"没错，"她说，"我甚至还去了第三试炼。"

我的眼球都快蹦出眼眶了："那里有什么？我是说第三试炼，你都看到了些什么？"

"不知道，我在看到 BOSS 之前就死了。重生点附近的怪物实在太多了，我又是一个人。"她找了个角落，"我们来设置一下重生点吧，我可不想在被杀死之后又要一路走回这里。"

"等等，你刚才说的都是什么时候的事？"

她顿了顿回答："很久以前了，久到我都记不清了。"

"我不理解。"我说，"你为什么不再去试试呢？"

"因为……"她加重了语气，"事实证明，想要通过第三试炼，需要别人的帮助。"她看起来有些难过，"无论你的技术多精湛，装备多豪华，如果没有朋友站在你身后，帮你打败一拨接一拨的怪物，就不可能顺利到达第三试炼。此外，不知道你有没有发现，想要在无主之地交朋友是一件很困难的事，毕竟所有人都想置你于死地。"

我点了点头："我懂了。或许我可以成为你的朋友。"

她注视着我。我能看出来，她希望我把上一句话收回，希望我能赶紧补上一句："哈！骗你的！"那种期待就仿佛从来没有人想要成为她的朋友一样。

"前提是你要答应别再杀我了。"我说道。

"这你放心，我不会再杀你了。"她说，"我有个规矩，是我自己的原则，我不会杀同一个无主之人超过三次的。"

"哦，"我说，"为什么是三次？"

"幸运数字而已。"她说，"不过也是因为我……"我能感受到这句话背后的另一声叹息，"我觉得每个人都该有他们自己的原则，你懂吗？什么能做，什么不能做。在任何事都可能发生的无主之地，我想要证明我和奥目不一样。奥目没有原则，而我……我想成为一个公正的人。"

我们之间又是长久的沉默。

"跟我一起去探险吧。"我说。

"你说什么？"

"帮我通过第二试炼，我就会跟着你去第三试炼。我们可以一起完成避风港试炼的。"

"就像……盟友一样？"

"没错。"我说，"或者其实可以……像朋友一样。"

她再次怀着同样的犹豫注视着我，似乎不能确定我说的是不是真的。

"还是慢慢来吧。"她终于开口，"我一会儿就要下线了，不过我会把重生点设置在这里，这样下次再上线的时候我们就能遇到了。到时候再看，你还有没有这个意愿。"

说完她便下线了。我设置好了重生点，并希望着、祈祷着，下次回来的时候她还在这里。

第十四章

"你在吃什么?"

午休时间到了,这是开学以来茜茜第一次自带午餐。乔希姆揣着他的肉馅儿饼和可乐,从她身边经过时停了下来。

"三明治。"茜茜说,"你想尝一个吗?"她伸手递给他一块切好的三明治——面包夹着蔬菜,用一根牙签固定住。他接过后津津有味地嚼了起来。

"嗯,好棒!"他边说边点头,"尝起来有种很高级的味道。"

"我阿妈——我妈妈做的。"茜茜说,"以前周末,我朋友特芮斯来我家玩儿的时候……"她停下来稳了稳情绪,"我阿妈就会给我们做这种三明治,我俩会边玩游戏边吃。"

乔希姆又点了点头问道:"《我的世界》?"

"什么?"

"你们玩的游戏是《我的世界》吗?"

"是啊。"

他指了指另一块切好的三明治说:"你介意我再吃一块吗?"

我的世界：避风港试炼

茜茜耸耸肩，于是他又拿了一块塞进嘴里，闭上眼睛："太好吃了！"

"看来你很喜欢吃东西。"茜茜轻声笑了。

"哦，那可不。"他说，"我奶奶说，她不知道我吃下去的东西都到哪儿去了，因为我总是在吃，却既不长高也不长胖。我跟她说，我知道吃下去的那些东西都去哪儿了——都去厕所啦。"他忽然啪地一下捂住了嘴，"啊，我不应该在吃饭的时候说厕所的。"说完，他的另一只手也捂住了嘴巴。

茜茜大笑起来。她很久都没有这么笑过了。

"或许你可以来我家玩。"她听见自己这么说道。

乔希姆愣住了，打量着她。茜茜一度觉得，那神态和小龙人在无主之地露出的一模一样，都是小心翼翼地分辨着她到底是在说真话还是开玩笑。

"阿妈说，我应该邀请你来我们家吃午餐。"茜茜说，"那天下午她在车里和我说的，就是你帮我研究地图的那天。所以，如果你想来的话……"她耸了耸肩。

"好啊。"他点了点头，"当然好！"

"你有什么特别喜欢吃的吗？"茜茜问，"我可以让阿妈做一些。"

乔希姆笑了，瞅了眼自己的肉馅儿饼和可乐，"根据我刚才尝到的美食，我敢说只要是你阿妈做的，我都会喜欢。"

俩人又安静地吃了会儿，直到乔希姆再度开口问道："后来怎么样了？关于那张地图，是叫无主之地对吧？"

"对,无主之地。"茜茜说道。她记流水账一般告诉了他所有的事,从建造基地到寻找并打败唤魔者,还有自己在小龙人和闹闹的帮助下顺利逃脱。

"能在玩家对战的游戏里找到同盟,"乔希姆说,"这听起来是件很了不起的事。"

"好像是吧。"茜茜说,"她会帮我完成第二试炼,我得建造并打败一个凋灵。"

"凋灵!"乔希姆的眼睛骤然睁大。

"没错。"

"哇,那真的是……很勇敢。你的那个朋友一定很特别吧,你甚至愿意为了她去和凋灵战斗。"

"嗯,是很特别。"茜茜看起来有些感伤,"特芮斯是这个世界上唯一了解我也理解我的人。"

乔希姆嚼着肉馅儿饼,咬字不清地问:"你想她吗?"

茜茜从来没有好好想过这个问题。一直以来,她的注意力都被到避风港与特芮斯重逢这个念头占据了。然而当她真的开始思考这个问题时,却意识到她和特芮斯之间的很多东西都消失不见了,包括银橡园。她们之间只剩下……空白,等着被什么事填满,或者被什么人填满。

"大概吧。"她终于开口了,因为她并不确定自己想念的到底是特芮斯,还是拥有一个最好朋友的感觉。

"不管怎样,哪怕你不能打败凋灵,也还是有朋友在身边的。"乔希姆说。

"什么朋友？"茜茜问。

"哦，呃——"乔希姆愣住了。

"啊，你是说你。"

"或许还有你的无主之人朋友？"

"或许吧。"茜茜苦笑了下。

铃声响了，宣告着距午休结束还有五分钟。乔希姆一把抓起剩下的肉馅儿饼全部塞进嘴里，脸被撑得圆鼓鼓的。茜茜听到自己又放声大笑了起来。

第三部分

友谊试炼

第十五章

宝石海岸社区迎来了一个晴朗的周六,是那种你能看到柏油马路和水泥人行道上蒸腾起热气的大晴天。社区的孩子们在街上来来回回骑着自行车,他们的父母则在门前大声叫喊着,要他们回来涂上防晒霜。在阿劳尔家的厨房里,茜茜正挨着阿妈站在一个矮凳上,饶有兴致地透过窗户望着外面。

"快来帮我把这些芭蕉切好。"阿妈朝桌上的黄色水果示意了一下。茜茜长叹了一口气,拿起阿妈为她准备好的安全刀具。

"怎么了?"阿妈轻声笑了,"又像个老婆婆一样叹气了。"她从眼前切碎的辣椒堆里抬起头,"因为特芮斯吗?"

"也许吧。"茜茜耸耸肩。

"亲爱的,我们不是已经交上新朋友了吗?这也是乔希姆——乔,对吧?这也是他今天来吃午餐的原因,不是吗?"

"是的,但是……"茜茜将芭蕉的顶部去掉,然后沿着侧边划了一刀,这样就能一口气将果皮全都削下来。

"以往遇上这种天气,"她继续说道,"我们都会去外面,

我的世界：避风港试炼

像大家一样骑自行车，或者在家里打游戏。可她现在不在这儿了，而我也沦落到只能给芭蕉去皮的境地。"

"但你能和你亲爱的老妈共度高品质的美好时光，"阿妈说，"这样不好吗？"

"我每天都能见到你，阿妈。"

阿妈大笑起来："行吧，虽然跟我在一块儿是无聊了点儿，但总好过整天凑在屏幕前玩你的那个游戏吧，在二进制的世界里迷失自我。"

"那叫《我的世界》，不是什么二进制的世界。"茜茜说，"再说了，我们在游戏里玩的内容和在外面都差不多，也就是四处逛逛，找点儿乐子。"

"好吧，但是今天，你要和你的新朋友一起四处逛逛，找点儿乐子了。在家或者去外面都行，不过我还是希望你们能出去走走。"

阿妈切完辣椒，又去切其他蔬菜——青豆、洋葱、胡萝卜，为炒饭做准备。茜茜将剩下的芭蕉一一去皮，按阿妈喜欢的角度切成薄片，再用盐稍微腌制了一下，准备下锅煎炸。做到这一步，就要由阿妈接手了，因为阿妈不想茜茜摆弄热油锅。

阿爸从前门走了进来。

"看看是谁在门口晃悠，被我找到了。"他说罢便侧身为一脸难为情的乔希姆让路，乔希姆有气无力地挥了挥手。茜茜也向他挥了挥手。

"有小孩子找他麻烦,"阿爸低声说道,"说了些关于他穿着的坏话。"

茜茜看向乔希姆,忽然就明白了。宝石海岸社区的孩子们对社区外的孩子总是不太友好,会想尽一切办法给他们起难听的绰号。乔希姆一看就是从外面来的——虽然他穿着考究,身上却没什么进口的东西,比如衬衫或球鞋之类的,更不用说还没戴那种很炫的手表和发饰。他穿着一双手工制作的拖鞋,看起来非常酷,但在宝石海岸社区,这却出卖了他的身份。

"哦,亲爱的,我们对此很抱歉!"阿妈说着,挥手招呼他进到客厅,"坐吧,让我们给你拿点儿喝的。看看你这一头的汗!"她给茜茜使了个眼色,示意她赶快问问他想喝什么。

"你想喝什么?"茜茜问道,"我们家有汽水和果汁。"

"水……就好。"乔希姆害羞地回答,茜茜转身去拿水。

"你父母把你送到之后,为什么不再等等呢?"阿爸问道,"我们很想见见他们。"

"我不是……被送过来的。"乔希姆说,"我乘公交车来的。"

房间里响起了倒吸凉气的声音,不过茜茜反倒被勾起了好奇心。

"你父母允许你一个人搭乘公共交通?"阿爸问道。

"嗯,其实是我奶奶答应的。"乔希姆边说边从茜茜手中接过一大杯水,一饮而尽。

"那你父母是怎么想的呢?"阿妈问道。

"其实,他们……嗯……"他挠了挠头,"我不知道他们怎么想的,我已经很久都没见过他们了。"

"哦……"阿爸和阿妈同时叹了口气,对视了一眼。

"对。"乔希姆说,"我一直跟我奶奶住。不过她不会开车,所以我无论去哪儿都会乘公交车。以前她还会跟着我一起,那时候她身体还硬朗。现在她说,我年龄已经够大了。"

"听到了吗?"茜茜说,"如果他的年龄够大,那我也够大了。"

"嘘,亲爱的。"阿妈说,"乔正在跟我们说一些重要的事。"

"哦,也不是什么重要的事。"乔希姆说,"只是我的日常生活罢了。"

之后的对话忽然就生硬尴尬了起来,阿妈不得不答应让他俩出去玩一会儿,等午餐准备好了再回来。茜茜带着乔希姆来到车库去取她的自行车。她有一辆新一点儿的,还有一辆旧一点儿的,坏了之后又修好了。她把后者借给了乔希姆。

"哦,我不会骑车。"乔希姆再次难为情了起来。

"是吗?"茜茜问,"为什么不会?"

乔希姆探身碰了碰自行车上的铃铛,铃铛发出一声清脆的叮声。

"因为我从来没有过自行车,"他说,"也没地方能让我骑到它。"

"那来吧。"茜茜说,"很简单的,我教你。"

于是他们一起来到了街上。茜茜向他示范了怎样把脚放到踏板上,怎样保持平衡,还告诉了他哪边是前刹车,哪边是后刹车,以及怎样转动把手来控制方向。

可乔希姆一次都没有成功。

更糟的是,宝石海岸社区的孩子们转眼间就从各处出现了。当茜茜推着乔希姆在街上来来回回时,他们就在一旁跟着跑,嘴里还唱着讽刺的歌。

"哈库那玛塔塔①,两个轮子托不住他。哈库那玛塔塔,他试呀试呀再试呀。"

他们一遍又一遍地唱着,直到茜茜忍无可忍。她提出放弃尝试,要把自行车放回车库里。乔希姆倒不是很在意那些歌,还想继续骑车,但眼看茜茜越来越沮丧,他最终还是失落地答应了。茜茜忽然觉得很抱歉,或许她应该让乔希姆做自己想做的事。

该吃饭了,阿妈把他们叫回屋子,然而午餐却安静得使人如坐针毡。茜茜的父母都询问了他俩刚刚在外头发生了什么,可是没人开口。一吃完,阿爸便问他们想不想去房间里玩会儿游戏。

"我想,我还是回去吧。"乔希姆看起来垂头丧气的,但他还是挤出了一个微笑。

---

① 出自电影《狮子王》中的歌词,意思是"无忧无虑"或"不用担心"。

我的世界：避风港试炼

"哦？"阿妈说，"你确定你可以吗，亲爱的？确定不需要我们把你送回去？"

"我没事的。"乔希姆说，"我也只知道公交车的线路，那条路不好开。"

茜茜上前为他打开了门。"我很抱歉。"送他出去的途中她说。

乔希姆浅浅笑了一下说："至少你很努力了。"说完这句话，他就走了。

回到房间里，茜茜的父母拥抱了她，嘴上还挂念着乔希姆。茜茜希望自己能把这个拥抱装进书包，带去学校，再交给他。这样他就也能感受到这份温暖，感受到身边有人在爱着他。

第十六章

周一回到学校后,茜茜还在为乔希姆感到难过。她注意到,他比往常安静很多,一上午没怎么说过话。

午休时,乔希姆像往常那样一个人坐着,并没有急着去吃午餐。茜茜决定要想办法让他振作起来。她今天又带了三明治来学校,正是他喜欢的。她决定再用省下来的午餐钱去买两瓶果汁,这样他们俩就能一边分享三明治一边喝果汁,如果他愿意,还可以聊聊《我的世界》。

回来时,她却看到乔希姆被三名同学围住了,都是女孩儿。茜茜认出了为首的人,正是那个叫奥弗尔的"后座议员",她们第一天就见过。

"你以为身为'师宠兽'就可以不回答我的问题吗?"奥弗尔问。

"走开,奥弗尔,拜托了。我今天没时间。"乔希姆回答道。

"那如果我不走开呢?"奥弗尔又逼近了一步,"如果我就站在这里一动不动呢?你打算向老师告状吗?"

我的世界：避风港试炼

"不，我会自己走。"乔希姆说罢便站了起来，然而女孩儿伸出一只手放在他肩上，把他摁了回去。

"我还没说完呢。"她说，"话都不等我说完就想走？"

"别缠着他。"

这四个字在一瞬间脱口而出，茜茜简直不敢相信自己说了这样的话。可接着，她便意识到了为什么这一幕似曾相识，以及她为什么会说这样的话。

在无主之地，在林地府邸的屋顶，小龙人就是这样把她从那群无主之人手中解救出来的。

"你说什么？"奥弗尔转身面对着她。

"我说，别缠着他。"茜茜甚至都没工夫在意眼前的女孩儿，她正忙着把手里冰凉的果汁瓶摇来摇去，那里面装着本地产的木槿汁。她将两个瓶盖分别拧开，并试图把其中一瓶递给乔希姆，这样手心就不会因为贴着瓶子而冷到失去知觉。

奥弗尔往前走了一步，正视着茜茜："如果我不呢？"

"你为什么总要找别人麻烦？"茜茜听见自己说，"你们这群'后座议员'就不能管好你们自己的事吗？"

"你说什么？"奥弗尔大吃一惊，"叫谁'后座议员'呢？"

说罢，她甩手打在茜茜手上。

一切都发生得太快了。上一秒，果汁还在瓶子里，下一秒就都飞溅了出来。

然而就在这一秒之内，茜茜为了应对即将到来的威胁，双手下意识地攥紧了瓶子。

暗红色的果汁就这么溅了出来，溅了奥弗尔一身——头发上、脸上、校服上都是。

在场的所有人都僵住了，嘴巴都张成了大大的O形。

"哦，天——"茜茜开口了。

"噗！"奥弗尔语无伦次，"什么……什么……"

紧接着她尖叫起来。

她停下时，茜茜的耳朵还在嗡嗡鸣响。奥弗尔瞅了眼自己的衣服，又瞧了眼茜茜。

"看看我的校服！"她尖叫着，用手指来指去，"看看它！"

可正当她倾身挥手想要去打茜茜，而后者见状立马退开时，头顶忽然传来了一个声音：

"乔希姆！"

所有人都抬头张望。声音来自他们的数学老师——格本佳先生。

"发生什么事了？"老师说着，伸手指向奥弗尔，"为什么你的校服成这样了？学校是这样教你保持整洁的吗？"

"我没有——"

"安静！"他说，"过来。如果你不能一整天都干干净净的，就来老师办公室待着，老师会教你怎样保持整洁的。"他又看了眼旁边的两个女孩儿——奥弗尔的朋友们，她们一直站在一旁围观着整件事情，甚至还有些窃喜。"你俩，该干吗干吗去。"

我的世界：避风港试炼

两个女孩儿顿时散开。奥弗尔上楼去往老师办公室，转身的时候，她恶狠狠地瞪了茜茜一眼。

"啊哦，"茜茜想，"如果说我原本能逃过一劫，那现在是真有麻烦了。"

"你还好吗，乔希姆？"格本佳先生问道。

"我没事，老师。"乔希姆说，"她们缠着我不放，但是茜茜救了我。"

格本佳先生又看了一眼茜茜，茜茜忽然觉得自己好渺小。

"嗯，为朋友撑腰很好。"他说，但接着又伸出一根手指表示警告，"不过你俩也别惹麻烦，好吗？"说完他就走了。

"救了你？"茜茜边说边轻轻擦掉溅到校服上的几滴木槿汁，"我做的事情没那么夸张吧。"

"或许没有。"乔希姆说着笑了，"但老师是对的，朋友会为彼此撑腰，刚才你确实保护我了，所以……"

"我本该在社区孩子们欺负你的时候就这么做的。"茜茜说，"我本该站出来说话的。朋友之间理应彼此保护，我不该在那时一直沉默。对不起！"

"没关系。"乔希姆说，"所以，你的意思是，我们是……朋友了吗？"

"我想，是吧？"茜茜耸耸肩回答道。

"是吧。"乔希姆附和道。

"不错。"茜茜说着，掏出了装满三明治的塑封袋，"给。我本想给你一瓶果汁的，谁知道奥弗尔就来了。不过现在，或许……就当这是和好礼物了？"

乔希姆咧开嘴笑了，同时接过塑封袋称赞道："你知道的，我永远无法拒绝好吃的三明治。"

我在地下基地醒来时，小龙人已经无影无踪。闹闹倒还蜷缩在墙角，冲我发出了一声轻轻的嗷呜以示欢迎。

"谢谢。"我说，"你知道我们的新朋友去哪儿了吗？"

回答我的只有一声嗷呜。

"看来你只有在吞武器的时候才有用。"

我打开地图研究了一下，看起来，第二试炼点处于沙漠深处——荒原的中心，从这里走过去得花上两天时间。除非我能将路上所有的怪物杀死，并且建造两个地下庇护所来度过夜晚，不然我一定会在半路上死掉。

"至少我还有不死图腾。"我自言自语道。

"不死图腾并不能真的让你不死。"小龙人说。

我吃惊地转过身，她正从台阶上下来，走进房间。

"我刚又回林地府邸为我们的旅途收集了点儿材料。"她说。

"辛苦啦！"我说，"你刚说，不死图腾是怎么回事来着？"

"我说它不是这么用的。"她说，"不死图腾本身并不能给你加一条命，只会在你受到致命攻击的时候保护你不死。这对第二试炼来说很有用，因为凋灵可以释放凋零效果，要是中招了，你就会被杀死。但如果有不死图腾在手，你就能活

我的世界：避风港试炼

下来继续战斗。"

她开始往地上扔东西："这些是给你的。在你和凋灵战斗时我是不能帮你的，所以只能在前期陪你做准备。"

她拿出来的大部分东西都是食物和粗铁，还有一些圆石。

"这些有什么用？"我边问边捡起来。

"简单来说，升级。"她说，"如果想在那里活命，你就要从石制武器升级到铁制武器。"

在小龙人的帮助下，我对照着配方书集齐了所需的材料。我先用圆石合成了一个熔炉，再把粗铁都放上去，用煤炭作燃料。一会儿工夫，我就得到了一些铁锭。紧接着，我又按照配方书的指示打造了一套铁质盔甲——头盔、胸甲、护腿和靴子，然后把它们一一放进盔甲栏。最后是武器和工具——一把剑和一把镐。现在我的物品栏是这样的：六块铁锭、九块圆石、一把铁剑、一把铁镐。

"要是这些都是钻石做的就好了。"小龙人说，"可惜无主之地里没有钻石。"

"一颗都没有吗？那你的钻石是哪儿来的？"

"从一些无主之人那里拿来的。"她说，"我也不知道他们是怎么得到的。相信我，我很努力找了，但都一无所获。他们大概是和奥目有什么私下的交情吧。"

她又向我面前扔了更多东西，我一一捡了起来：一瓶抗火药水和一瓶再生药水。

"打凋灵的时候你绝对需要这些。记住，千万别死，别把这些东西弄丢了。"

"这又是从哪儿来的？"我边问边把药水收起来。

"打了个女巫。"她说。

"无主之地还有女巫？"我忧心忡忡地问。

"没错。"她说，"做好面对一切的准备，你就不会一惊一乍了。哪怕女巫也不能吓到你。"

她确认我已带齐了所有的必需品后，又让我把剩下的东西都带走，包括工作台和火把。我们在房间里留了一个火把，以防有敌对生物在这里生成。当我想把箱子也收起来时，才意识到自己的物品栏已经满了。

"我们可以再做一个。"她说，"反正本来也要每隔一两天就重新做一次家具的。"

"谢谢你。"我说，"谢谢你帮助我、保护我，谢谢你……当我的朋友。"

"你想说的是'盟友'吧。"她纠正了我，"还不确定我们是不是'朋友'呢。"

"但朋友之间就是这样的，不是吗？不仅仅只是一起玩，朋友也会互帮互助，也会互相保护，不是吗？"

"如果非要这么定义，我只能说你一个朋友都没有。"

"哎呀，"我说，"太扎心了吧？"

"你想想，"她说，"如果你有朋友，他们为什么没来帮你通过试炼呢？"她顿了顿，"哦，想起来了，你来这里就是因为那个……朋友，那个把你丢在这里的朋友。"

"如果可以的话,她一定会来帮我的。"我说,"我们只是暂时没法儿联系到对方而已。"

"也有可能她只是不在乎。"小龙人说道。

"你怎么能这么说呢?"我呆住了,"事情根本不是这样的。"

"或许你是对的。"她不情愿地承认道,"或许你俩都在想尽一切办法回到对方身边,但还有一种可能——我是说可能,你把朋友想得太好了。"

"我懂了,你是个'窗边者'。"这句话以迅雷不及掩耳之势从我嘴边冒了出来。

"那是什么?"

"就是——像条件敌对生物那样,平时你和他们井水不犯河水,但是一旦靠太近了,你就会奋起反抗,将他们赶走。"

这次轮到小龙人说"太扎心了"。

"抱歉,我不是故意要这么说的。"我迅速补了一句,"只是……"阿妈的话浮现在我脑海里,"很多时候,要经营好一段友谊并不容易,不是吗?但你还是得克服重重困难,让一切慢慢变好。"

"如果困难之后还是困难,没有尽头呢?如果赢下一切的唯一方法就是成为一个'窗边者'呢?"

"或许你不需要赢下一切呢?或许那些快乐、那些经历对你来说就足够了呢?"

"你应该把这些话留着,一会儿说给凋灵听。"小龙人笑了下说。

说罢,她便开始顺着楼梯向上爬,我和闹闹仰头看着。当我转头望向闹闹时,他发出了一声标志性的嗷呜。

"别怪我。"我说,"有时候,你能做的唯一一件事就是跟上前面的人。"我跟着小龙人爬上了台阶,并冲闹闹示意了一下,"来吧,我们还有个试炼没完成呢。"

第十七章

"听好了。"小龙人说,"我们现在要去找建造凋灵所需要的材料。"

"等等,找什么?"我难以置信地发问。

"我们要去找材料,"小龙人重复了一遍,"但建造凋灵的人是你。如果我们打败的是别人造出来的凋灵,那么胜利就会是那个人的,所以必须由你亲手造一个出来。"

我们已经在向着地图上的第一个目标点——进发了。小龙人对无主之地了如指掌,根据她的说法,那里本身并没有凋灵,只有三颗凋灵的骷髅头。她还解释说,三颗凋灵的骷髅头和四块灵魂沙是建造凋灵的必需品。等凋灵生成后,我们就得去打败它。

"我怎么现在才知道这些?"我问道,"还有,你的意思是造一个怪物出来,再打败它,就是第二试炼的全部?"

"不止这些。"她说,"杀死凋灵时会掉落一颗下界之星。

你带着星星去到山里，把它放在原本就设置好的信标上，信标就会把我们传送到第三试炼点。想要到达第三试炼点，这是唯一的方法。"

"苦力怕！"我大叫出来的一瞬间它已经离我们很近了。夜间赶路时，我们总是一小步一小步地移动，尽力避开所有怪物，但有的时候还是会被怪物找上门来。这些时候也别无他法，只能应战。

此刻苦力怕已经开始膨胀，发出咝咝的声音，在我们跳开的瞬间爆炸。闹闹就在爆炸范围内，但并未受伤，只是嗷呜叫了一声，等我们回来继续上路。

赶了两天路，穿过了林地府邸和黑森林，我们终于回到了草地上，不过还没到达村庄。小龙人把那里叫作"猎场"不是没有原因的，因为那里聚集着大批胡作非为的无主之人。她告诉我，我在那里没碰到成群结队的无主之人算是格外幸运了。

"如果想在这趟旅程中活下来，"她说，"我们最好期望碰到的都是末影人而不是无主之人。"

一路跋涉数日后，我们决定停下来休息一下，并重新设置重生点。草地很空旷，一棵树都没有，所以还是得把基地建在地下。小龙人在附近竖起了几个火把，这样就能防止怪物在我们附近生成了。紧接着她掏出一把铁锹，麻利地挖了起来，留我在一旁戒备，我祈祷着不要碰上什么怪物。

显然，没人听到我的祷告。在小龙人完成挖掘工作之前，

我的世界：避风港试炼

我打退了游荡过来的两个僵尸、一只蜘蛛和一个骷髅。不过很快，她就在地下点亮了火把，并招呼我下去。闹闹也钻进来后，我们将庇护所的顶部封了起来。

"好啦。"她说，"现在我们需要赶在下一个日落前制订好计划并出发。"

没工夫闲聊，我们赶紧设置了重生点，耳边只有头顶传来的一两声僵尸的低吼。设置成功的动画环绕着我们，夜晚也在眨眼间过去，我们趁着日落的微光重新探出地面。我开始喜欢把这个时间段称作"浅夜"。

"好了，计划分三步。"小龙人说，"第一步：拿到三颗凋灵骷髅头。这一步的难易程度取决于凋灵骷髅头所在地是否有人聚集。"

"那是个什么地方？凋灵骷髅头都在哪儿？"

"在一个绿洲的湖底。"她说。

"什——么？还能再难一点儿吗？"

"完成之后就到了第二步：搜集灵魂沙。"

"这里还有灵魂沙？我是说在无主之地，灵魂沙不是只有下界才有吗？"

"没错。"她说，"不过奥目把下界从这个世界里移除了。好消息是我们只要去一个叫作灵魂沙峡谷的小洞穴里就能找到它们。不过，坏消息是洞穴里到处都是熔岩和怪物。"

"那真是太棒了！"

"这才只是第二步。第三步：我们要找一个合适的地方建造凋灵,然后与它大战一场。"

"我们不能就在这空旷的沙地里打吗?"

"当然可以啊,如果你想死的话。"

"啊?"

"最理想的战斗场所是石山里的地下矿井。我碰巧知道这样一个地方,就在那边的山上。我唯一一次打凋灵就是在那里。"

"原来是这样。"

"还有一个好处就是,那里离信标不远,所以你赢了之后不需要再浪费时间穿越沙漠了。"

我们将头顶的方块挖开,火把还亮着。小龙人将火把收好,于是那一点儿豆大的光熄灭了。

又行进了四天,我们从草原来到荒漠。平坦的地形陡然升起,堆成一个又一个高高的沙丘。树木和草地都消失了,时不时映入眼帘的几棵仙人掌成了一片荒芜中唯一能够看到的绿色。每隔两天,我们就会停下来造一座新的地下庇护所,为下一程烹饪一些食物,补满饥饿条并设置重生点。

第五天,我们终于到达了绿洲。

"趴下,趴下。"小龙人说。

"什么什么?"我边问边蹲伏下来,"现在才日落——怪物还没出来呢。"

"怪物是没有,无主之人可出来了。"她说。

我的世界：避风港试炼

我顺着她的视线向湖边望去，顿时明白了她的意思。那里有一群穿着全套钻石铠甲的无主之人，其中一个还顶着颗彩色的脑袋。我寻思那是不是他从被打败的玩家身上拿来的，就像在唤魔者林地府邸屋顶上那一次，弓箭男孩儿的头在被打败后也掉了下来。看起来，那颗彩色脑袋是被当作收藏品了。这群无主之人挤在附近的一座沙质结构后面，我越看越觉得那不是自然形成的，像是人造的。沙体掩护着他们，任何靠近湖边的人不到最后一刻是发现不了他们的。

"那些可不是普通的无主之人。"小龙人说，"他们是德克兰的人。"

"德克兰是谁？"

"就是他。"她指着那颗彩色脑袋说道，"他是你所能遇到的最卑鄙的无主之人之一。"

"他们也想要凋灵骷髅头吗？"

"不，他们和我一样，早就打败了唤魔者和凋灵，理论上已经能够开始第三试炼了。然而出于某种未知的原因，他们并没有，反而整天守在第二试炼点附近。因为他们很清楚，一定会有傻傻的新人什么都不知道就跑过来，然后被他们解决掉。这就是他们积攒经验的方法。"

"他们要经验做什么？是也想像你一样成为奥目吗？"

"有可能，我不知道。他们还能在这里做一些常人做不到的事情，比如在完成第一试炼之后依然可以使用传送功能。很多无主之人都觉得，他们肯定在暗中和奥目有什么勾结。奥目把他们作为活的障碍物,阻止大家完成试炼。"小龙人的话语中充满了愤怒,我能感受到,她并不喜欢德克兰和他的小团体。

"不管怎么说,我碰到过他们好多次,每次都顺利逃脱了。因此德克兰现在盯上了我,一见到我就打,见不到就到处找。自从上次交手后,我就一直在躲着他和他的小团体。如果只有德克兰一个人,我还能搞定,但他的跟班越来越多了,还人手一套钻石盔甲。我不确定自己现在还能不能打过他们。"

"哇,"我说,"那还是躲着吧。"

"还是躲着吧。"

我们在藏身的沙丘旁蹑手蹑脚地行进着,确保自己隐入了它的影子和周围不断暗淡的光里,这确实起了点儿效果。然而很快,我们就来到了距离德克兰近到不能再近的地方。任何一点儿动作都会将我们完全暴露。

"我们得等他们走开。"小龙人说,"要不挖个地下基地?"

"只能这样了,否则他们迟早会发现我们。"

这次我们互换了角色——我负责挖,她负责戒备。正当我们大功告成、准备躲到地下时,我忽然注意到闹闹不见了。

"闹闹呢?"我问。我们四下张望着,然而无论如何都找不到闹闹的踪迹。

"我们得去找他。"我说。

"不行。"小龙人说,"他能自我保护的。还记得吗?他不

我的世界：避风港试炼

会受到伤害的。"

"但如果有别人找到并驯服了他呢？"

"那只能说我们运气不太好。"她说，"就应该多喂他几次的。"她已经向地下走去了，"快来躲起来。"

我最后一次伸长脖子四处搜寻了一遍，仍是一无所获。闹闹就这么失踪了。

小龙人一次次把头探出地面，观察着那群无主之人是否还躲在那里。这是个出力不讨好的活儿。在等待他们离开的漫长时间里，我疯了似的在地下基地里踱步，担心着闹闹的处境。我倒是不在乎他走之后自己会被其他玩家攻击。闹闹虽不会说话，但他的存在本身就很让人安心，并且我喜欢那种为别人负责的感觉。

"他们走了。"小龙人说道，"我们得快点儿，他们随时可能回来。"

"那我们一会儿能去找闹闹吗？"

"你得赶紧把猫忘了，专注在重要的事情上。"小龙人说，"我们需要完成第二试炼，这样才能去第三试炼。"

重回地面的时候，湖畔已是空无一人。日落快结束了，怪物就要出来了。我们迅速穿过沙地，一到湖边就潜了下去。

湖里到处都是水草。因为在水中，我们的动作变慢了。一只鱿鱼摆动着触手从我们身边游过，我努力保持着冷静，毕竟鱿鱼是友好生物。然而我也知道，虽然大部分敌对生物都不会游泳,但是溺尸——也就是水下的僵尸却可以。如果夜晚降临的时候我们还在这里,就一定会遇上从水下生成的溺尸。

"凋灵骷髅头都分散在被标记的方块里。"小龙人在水下咕嘟咕嘟地对我说道,"你从那头找起,我从这头。那些方块上都有像树的枝干一样的深色血管状图案,靠近点儿的话,你还能看到被封在里面的骷髅眼睛。"

我漫不经心地寻找着,思绪一半在试炼上,另一半却飘向命运未知的闹闹身上。不过很快,我就找到了小龙人描述过的那种方块。正如她所言,那是一个有血管状花纹的黑色方块,上面还有骷髅的眼睛,眼窝深深凹陷着。我不禁惊声尖叫,叫声化作一串串泡泡。然而一秒钟后,我便克服了最初的恐惧。

"我找到了一个。"我说着,开始用手挖掘起来。

"等等,"她说,"你得用铁镐挖,不然什么都挖不出来的。"接着她开始向上游去,"快上来,我们得先换口气才挖得完。"

于是,我俩一起游到了水面上。

有人在那里。一个穿着钻石盔甲、顶着彩色脑袋的人。看样子,他只是回来拿落下的盾牌,然而就在我们浮上水面的一瞬间,他转身望了过来。

"哟哟哟,小龙人。"德克兰说,"我们又见面了。"就在他说话时,我注意到,他一只手上牵了根绳子,绳子的另一头则系在什么东西的脖子上。是闹闹！

德克兰在地上立了根桩子，把拴着闹闹的绳子系上。

"嗷呜。"闹闹叫了一声。

下一秒，德克兰就拔剑向我们冲来。

第十八章

上一次我被无主之人攻击时,至少还有些反应时间。可这次,一切都发生得太快了。

德克兰挥舞着剑,将我打回水中。

猛烈的撞击和湖水都在将我不断往深处拉,我瞬间沉到了水面之下。钻石剑的伤害很不一样,我的生命值表明,幸好我落入了水中,让他看不到我,不然再多一下的攻击都会让我的血条消失。

我用尽全力往上游,露出水面时恰好看见德克兰和小龙人交手的场景。他们都用最快的速度抽出剑和盾牌,抵挡来自对方的进攻。接着又急速猛冲,扭打成一团,手中的剑一下下落到对方的盔甲上。双方势均力敌,看起来还得再打上一阵子。

而另一边,我瞅见闹闹仍然被拴在桩子上无法离开。现在我想起来了,友好生物一定会跟随牵引他们的人走,这是

我的世界：避风港试炼

游戏设定的一部分，猫、马之类的动物都是这样。所以他才没法儿跟着我，也没有保护我免受德克兰的攻击，因为故障被默认程序取代了。

"这世界到底还有多少我不知道的事情？"我想着。

我得想办法把绳子从他身上解开，让他继续保护我。然而小龙人坚决的话语在我脑中回荡："别忘了我们为什么会来这里。"

"我一会儿就来救你，闹闹。"说罢，我便抑制着内心的冲动，反身跳进湖里。

幸运的是，铁镐还在身上。我将它握在手里，开始挖掘第一块方块。时间过去了很久，我的氧气也要耗完了，凋灵骷髅头就在此时忽然掉了出来。那是一个又大又黑又丑陋的东西，特别吓人。我把它放进物品栏后，都没能缓过来。

游回水面时，德克兰和小龙人还在打斗，他们的打斗声即使隔了很远也仍然能听到。

换了一口气，我又潜入湖底。正如小龙人所言，第二块装着凋灵骷髅头的方块就在不远的地方。我再次动手挖掘，等它一掉落就装进物品栏。上去换最后一口气时我发现，日落已被夜晚取代，怪物要开始肆虐了。

"最好抓紧时间。"我告诫自己，并重新潜入水中……

然后就撞上了一只刚生成的溺尸。

它离我太近了，近到我甚至来不及拔剑。它大概也被我吓到了，咕咕叫了几声便对我发起了攻击。我被它推了出去，但因为有水的阻挡，也并没有飞太远。我的身体轻微痉挛了一下，这是在警告我，生命值已经跌到很低了。如果再被攻击一次，我就完了，游戏将会结束。

所幸，在溺尸发动下一次攻击前，我迅速把铁镐换成剑，顺利解决了它。而且由于已经没剩多少方块了，我轻而易举便找到了第三颗凋灵骷髅头，然后用最快的速度挖掘起来，同时警惕着周围可能出现的危险。完成这一切后，我开始往上游。

探出水面的一瞬间，我发现陆地上已经挤满了怪物。

这是我到无主之地以来第一次看见那么多敌对生物聚在一起，沙漠真的是怪物最多的地方。蜘蛛、骷髅、苦力怕、末影人、僵尸……简直到处都是。德克兰和小龙人已经顾不上与对方战斗了，他们都在忙着处理扑上来的怪物。小龙人的处境似乎更艰难一点儿，因为她在打一种我从未见过的敌对生物，一种会不断往她身上扔药水的生物——女巫！

还好，湖边倒是没什么怪物，这给了我足够的时间爬上岸离开。

我用最快的速度跑到闹闹身边将他脖子上的绳子解开。绳子掉在地上，成了能够拾取的物品，然而我甚至没有时间去捡。

"快来，快！"起身逃离时我在心中冲他大喊。可能心有灵犀，他好像听到了我的召唤，紧跟上来。与此同时，蜘蛛的嗞嗞声、僵尸的低吼声……各种各样的怪物都向我们涌来。

我的世界：避风港试炼

德克兰解决掉了手边最后一只怪物后，转身朝我射了一箭。

和上次如出一辙，闹闹在最后一刻跳了起来，吞下了那一箭。

德克兰见状，并没有再像林地府邸那群无主之人一样，往我身上浪费更多的箭。他只是看了看我，又瞥了一眼还在和女巫纠缠的小龙人，然后说："下次再见了，扫兴鬼。"

接着他就跑开了，五彩缤纷的大花脑袋消失在黑暗里。

"快来，快来！"我冲小龙人喊道。她刚击败了女巫，正在捡掉在地上的药水。然而此刻又有一拨怪物——数量几乎是上一拨的两倍，朝我们扑来。

"去庇护所！"小龙人向我喊道。我、她和闹闹都向着之前藏身的沙丘跑去，沿途躲过了不少新生出来的怪物，勉强算是平安无事。我的生命值在慢慢恢复，虽然没有预想中那么快，但也足够保住我的命。

我们很快就到了位于沙丘旁的地下庇护所入口处。

"进去，进去！"我边喊边把闹闹赶了下去，自己也随之跳下。小龙人则落在了后面几步之遥的地方。

"快来！"说完这句话，我便取出我的弓箭，拉满后瞄准了她正后方脚边的蜘蛛。

"如果我一生只能射准一次，"我边想边努力回忆着看过的奇幻小说中那些帅气弓箭手的样子，"那我希望是这一次。"

我松开了手。

箭直直地射中了蜘蛛。虽不致命，但也足以让它向后弹开一段距离,给了小龙人足够的时间跑到我所在的入口处。

她在最后一刻一跃而下,而我则掏出一块沙子堵上了洞口。

"刚才那一箭真漂亮!"安全回到庇护所后,小龙人说道。

"是吗?"我嘴上问着,心里早已因为这句赞扬而乐开了花,"嗨,也没啥。"

"才不是没啥呢。"她说,"你刚刚真的救了我一命。"她顿了顿,"谢谢。"

"没事。"我说,"你以前也总是救我的命,所以……"

"哈哈,确实。"她说着看向了我,"有你这样的盟友还真不错。"

我全身上下都被一种温暖的感觉所包裹,于是赶紧转身揉了揉闹闹。

"你有鱼吗?"我问她,"鲑鱼或者鳕鱼都行。"

"没有。"她说,"不过我有一根钓鱼竿,明天可以去湖边钓鱼。当然,前提是德克兰和他的小团体没有再把那里团团围住。"

"会太晚吗?明天?"

她看了一眼闹闹说:"不会的。我看到他保护你免受德克兰的攻击了,所以我猜还是能坚持到明天的。"

闹闹嗷呜了一声作为回应。

"不客气。"她对他说。

我在内心偷笑着他俩的互动,然后准备设置重生点,但小龙人阻止了我。

"暂时没必要。"她说,"我们马上就要走了。"

"也是。"我说,"那我们现在做什么?"

"等。"她说,"头顶的怪物总有离开的时候,尤其现在,它们的视野中看不到我们。等它们走了之后,我们就能去湖里找那些凋灵骷髅头了。"

"哦,说到这个,"我说,"我已经全都找齐了。"我把三颗凋灵骷髅头扔在地上给她看。

"哦。"她说,"这真是……聪明之举。"她又一次看向我,"有你这样的盟友真的很不错!"

"有些人会把这叫作'朋友'的,"我说,"不过我啥都不知道。"

"哈哈。"她笑着说。

"我以前好像从没听过你笑。"我说。

"这个嘛,"她说,"无主之地里并没有多少值得你笑的事情。"

"确实。"我说,"不过我们可以笑啊,就我们俩。如果你想的话,我还可以讲笑话。"

这次她笑得更厉害了,持续时间也更长,是一串哈哈哈哈。

"你看起来不像是个会说笑话的人啊,茜茜。"

这是她第一次叫我的名字,这种感觉很亲切。我心中绽开了笑容,忽然意识到,在和她以及乔希姆的相处过程中,我之前因为与特芮斯失联的所有负面情绪都消失殆尽了。"失去老朋友的伤痛真的能被新朋友抚平吗?"我思索着。

僵尸的吼叫打破了沉默。

"这应该是最后一只了,"小龙人说,"你听。"

我侧耳细听,吼叫声果然消失了。

"该休息了。"她说,"我要下线一会儿,所以我会把重生点设置在这里。你最好也这么做。明天我们就去灵魂沙峡谷。"

"哦,我可能要过段时间再回无主之地了。"我说,"我有些……事情要做。你知道的,就是现实里的事情。"

"哦。"她似乎花了些时间纠结了一下,"那你想让我等你吗?"

"你想吗?"我问。

"可以吧。"她说,"反正没有你,我也没法儿去第三试炼,所以……"

"好。"我说,"要不我们每隔一段时间就回到这里?我是说每隔现实生活中的一两天,我们可以约定一个彼此都合适的时间。"

"好。"她说,"但这就意味着我们得……在现实生活里做约定。"

"没错。"我说,"或许我可以给你发短信?"

"我没有手机。"

"哦,那你是怎么玩这游戏的?"

"游戏机。"她说。

"好,那就和我一样了。或许我可以加你好友,然后在平台上给你发消息。"

"可以。"她说,"抱歉,我不是那种擅长交朋友的人。此外,我父母对我和陌生网友交换信息这种事情也管得比较严。"

"我爸妈也是。"我说,"别担心,我完全理解。"

"好,"她说,"我会给你发消息的。加我好友,然后我们再做决定。"

"好的。"我说,"晚安,小龙人。"

她沉默了一会儿,开口说道:"阿米娜塔。"

"什么?"

"阿米娜塔。"她重复了一遍,"你可以这么叫我。这是我在现实里的名字。"

"阿米娜塔,"我说,"晚安,另一个世界见。"

第十九章

从宝石海岸中学开学到现在，茜茜第一次在去学校的路上笑得这么开心。

"瞧你这容光焕发的样子。"学校并不是很远，阿妈边开车边问，"发生了什么好事吗？"

"也不是。"茜茜说，"只是……我觉得现在很好，比之前更好了。"

"哪方面呢？"

"各方面。"茜茜说，"我在学校里跟乔说了对不起，现在我们又和好了。他没有再为那天那顿糟糕的午餐难过和生气了。此外，关于特芮斯的事，我也不难过了，至少不会像以前那样。"

"哦？"阿妈问。

"对，反正我很快就能和她说上话了。"

"怎么说？金戈先生似乎没把他的新手机号发过来。"

"不是，我是说在《我的世界》里，我很快就能在那里找到她。"

我的世界：避风港试炼

"哦对，我忘了你们还能在游戏上聊天儿。"阿妈的视线落在女儿身上，然后笑了，"不管怎样，能让你高兴的事情也能让我高兴，尤其是，你还有了自己喜欢且相处融洽的朋友。不过，你还是不能在那个游戏上随便跟陌生人讲话哟。"

茜茜想起了小龙人——阿米娜塔，于是摇了摇头说："没有陌生人，只有朋友。"

从阿妈车上下来后，茜茜在进学校的路上碰到了乔希姆。他和她击掌以示问候。

"你总是那么开心吗？"茜茜问道，"除了少数几次不开心的时候，比如那天。"

"差不多吧。"乔希姆说着，咧开嘴笑了。

"为什么呢？"

"我不知道，我一直是这样的。"他耸了耸肩。

茜茜想，或许自己也需要多一点儿这种随心所欲的快乐。她才刚开始在生活里尝到这种快乐的甜头，并且喜欢上了那种感觉。

前两节课是数学，这是她最讨厌的一门课。要在平时，一整堂课茜茜都会龇牙咧嘴的，但今天，她发现自己居然能心平气和地听格本佳先生在讲台上滔滔不绝。午休前还有两节社会研究课，虽然她很讨厌记那些大段大段的笔记，可心里也并没有为此而感到烦躁。

午休时，她和乔希姆坐在餐厅的老位置上。她把三明治分给他，而他则递过来了一罐可乐。

"所以，后来在死神之地上又发生什么啦？"

茜茜笑了："才不是死神之地呢——我们很少会死在那里。虽然那里确实有一大堆敌对生物，还有敌对玩家，前两天我还被迫跟他们打了一架，把他们赶走了。"

"是吧，听起来光是住在那儿就已经很费事了，而且还有那么多乱七八糟的规则，总感觉一不小心就会死掉。我可不想要那种生活。"

"倒也没那么糟啦。"茜茜说，"事实上，你说不定还会喜欢那里。你喜欢解决问题，而那里到处都是问题。"

"真的吗？比如呢？"

"比如，就现在的这个试炼来说，小龙人和我——小龙人就是我在无主之地里碰到的那个酷酷的女孩儿，现在我和她一起探险了，她的真名是阿米娜塔。我俩正在试图造一个凋灵出来，就是我上次和你说过的那个。"

乔希姆的眼睛都睁大了："等等……你是说你们要先造一个凋灵出来，再把它打死？"

"是啊，我知道，这听上去很疯狂。"

"哇，你们的这个管理者——是叫奥目吗？真够残忍的。"

"是啊，很残忍。这就是为什么我会和阿米娜塔一起去做试炼。她想要成为下一任奥目，让一切都变得好起来。眼下她在帮我通过第二试炼，然后我们会一起去完成第三试炼。通过后，她就可以拿到足够多的经验值，成为下一任奥目，我也可以进入避风港找到特芮斯。双赢！"

我的世界：避风港试炼

"听起来不错。"乔希姆说。

"是吧？"茜茜说，"你会喜欢的，真的。我们现在正在想办法搜集造凋灵所需要的灵魂沙。听起来很难，不过应该会很有意思。"她顿了顿，"其实，你要是想来的话是可以来的，多一个人帮忙不是什么坏事。如果你加入我们，我们就能称得上是一支真正的队伍了，就像那种超级英雄一样。"

"是啊。"乔希姆慢慢说道，"但你的朋友会同意吗？"

"谁？阿米娜塔？"茜茜问，"我觉得没问题。多一个人帮忙，她说不定还会更开心呢。要不这样，等我到家之后就去游戏平台上加你好友，然后把服务器地址发给你。你想啥时候来就啥时候来，体验一下，然后再做决定。"

"嗯。"乔希姆心事重重地说道，"呃，但是说到这个——我没有游戏机。"

"哦？"

"对，奶奶总说我们买不起，得先把学费之类的东西付了才行。所以我只在手机上玩游戏，包括《我的世界》。"

"这样，行，那我就把服务器地址用短信发给你。"

茜茜大口咀嚼着三明治，她为自己把乔希姆置于如此境地而感到尴尬。她不想让他觉得自己是社区里那种孩子，因为别人没有游戏机就大呼小叫。她不想让他尴尬，不想让他觉得自己有必要解释一切。茜茜体会过那种格格不入的感觉，只因为她喜欢《我的世界》，而别人不喜欢。她不想让他也产生这种感觉。他俩都喜欢《我的世界》，这很好，然而能让他们成为好朋友的恰恰是那些小小的不同。

午休结束后,在回教室的路上,他们被格本佳先生拦住了。格本佳先生旁边是垂着头的奥弗尔,看起来十分顺从。

"啊哈,能在路上遇到你俩太好了。"他边说边冲奥弗尔示意了一下,"你们的同学看上去有话想说。"

奥弗尔抬起头,面部紧绷着,满满都是对他们的愤怒。

"奥弗尔?"格本佳先生催促着。

"对不起。"她说。

"对不起什么?"格本佳先生追问道。

"对不起,我为我说过的话和做过的事情道歉。"

"做过的什么事情?"

"刻薄的事情。"她嘟囔着。

"大声点儿。"

"刻薄的事情。"

"很好。"格本佳先生冲乔希姆和茜茜笑了,"这样就行了,你俩回教室吧。至于奥弗尔,你的惩罚还没结束呢,对吧?抄一千遍'我不会再欺负人了'……"

他领着奥弗尔走开了,而茜茜和乔希姆则在回教室的路上对着彼此笑开了花。

第二十章

那天晚上上床前,茜茜查看了一下游戏平台,果然收到了阿米娜塔的好友申请。茜茜同意请求后给她发了一条消息。

"嗨,"消息是这么写的,"我是茜茜,来问问你之后想什么时候去无主之地。"

这之后,她又拿起平板电脑,复制了特芮斯发给她的服务器地址,然后转发给了乔希姆。她还把特芮斯发来的解释和提示都一股脑儿复制下来,然后根据乔希姆的情况略作改动后也发了过去。最后还附上了一句话:

"等我到灵魂沙峡谷之后,就会把那里的坐标也发给你。到时候,你就可以直接传送过来和我们碰头了。"

做完这一切后,另一边又收到了阿米娜塔的回复。

"这周末如何?"她问道,"还有之后的每个周末?我们可以花好几个小时的现实时间来玩,放在游戏里就是好几天。这样的话,我们很快就能到达避风港了。"

茜茜忽然意识到,如果很快就能到达避风港,那与阿米娜塔的旅程就会结束了。可她想要结束吗?她想要尽可能地延长这一切——这些感觉，这些快乐。此外，乔希姆很快也会加入进来，他们可以组成一个快乐的小团体，在无主之地里肆意驰骋，对一切需要被解救的人和事物伸出援手。

"我有个朋友，"茜茜打着字，"他也想加入我们。"

等了一会儿，阿米娜塔的回复才发了过来："他能战斗吗？"

茜茜回复："我不知道。"

"我不确定自己是否能保护两个人。"阿米娜塔说。

"他很擅长别的事情。"茜茜说，"他只看了一眼地图就教会了我怎么完成第一试炼。"

"听起来是个聪明人。"阿米娜塔说，"没问题，让他来吧。"

"你有灵魂沙峡谷的位置吗？"

"当然。"阿米娜塔回复道，并发来了一串坐标。

茜茜复制下来，发给了乔希姆，并又加了一句："祝你好运！"

做完这一切，她便关掉游戏机，在夜色中沉沉睡去，嘴角还挂着一丝微笑。

灵魂沙峡谷正如阿米娜塔形容的那样，宛若地狱的深渊。

我们抵达那里的时候已经不早了。从庇护所出来后，单是穿越沙漠就耗去了大部分日落时间。一路上，我们眼观六

我的世界：避风港试炼

路，耳听八方，所幸此刻的荒原鲜有怪物出没，偶尔遇见的几个都被我们轻松解决了。

灵魂沙峡谷的入口是一个传送门，被仙人掌环绕着立在沙漠中。门框是黑色的，周围闪烁着紫光，一片片碎入空气中。闹闹跳起来，似乎想去抓住光芒的碎屑，但它们在他能触到之前就已消散不见。

"好吧，"我说，"这也太诡异了。"我以前只在网上瞄到过关于下界和灵魂沙峡谷的文章，但从没仔细研究过。这扇传送门看起来就不像是个好兆头。

"等你进去了再作评论吧。"阿米娜塔说罢便准备抬腿，我赶紧开口问："我们是不是还要等一下乔？"

阿米娜塔环顾四周："我没看到他啊，你看到了吗？"

"嗯，没有，但我答应他我们会在这里等他的。如果我们走了，他要怎样才能找到我们呢？"

"说不定他能赶在我们拿到灵魂沙之前过来。"她说，"不然的话，你就得在他准备好后，再给他发一次新坐标了。"紧接着她便消失在门里。我叹了口气，过了一会儿才跟上去。

周围的世界再度旋转。我的眼前黑了一秒，接着便听到了一个响亮而尖厉的声音，仿佛一只巨兽的喘息。然而我的眼中并无巨兽，只有层层包裹的黑暗，暗到沙漠中的日落仿佛都成了白昼。地面是深色的沙子，我甚至看不清自己的手。

阿米娜塔合成出了一个火把放在地上，我顺势抬头望去。

灵魂沙峡谷是一个洞穴，巨大、漆黑、无边无际，里面满是各种各样可怕的东西。无处不在的熔岩正从洞穴顶端沿着不同方向不断流下来,而穴顶凹凸不平,仿佛倒置的群山和丘陵。现在我能看清了,地面呈现一种灰棕色,看上去和别处并无二致,但从某种角度而言又不尽相同。感觉上,它在流动,好像有生命一般。这一定就是珍贵的灵魂沙了。

尖锐的喘息声终于安静了下来,但我胳膊上的汗毛仍然耸立着。

"不——要——动——"阿米娜塔说,"别动!"

我照做了,并趁机打量了一下四周。几米之外,一群末影人正在往外钻,然而他们并不是这片空间里唯一的生物。

我从来没有近距离见过恶魂。以前在视频里看到时只觉得它们像幽灵,通体白色,四处飘浮。然而现在,我终于看清了它们有多怪异恐怖——巨大的头颅镶嵌在水母一般的触手上。不远处就有一只,来来回回飘动着,不过并没有找我们麻烦。

这里还有其他怪物。某种长着触手和腿的红灰色巨大生物正在熔岩里走动,而另一个角落里,我看见一些背部隆起、长着角的猪,四头一群,正一边转悠一边发出哼哼唧唧的声音。

"炽足兽。"阿米娜塔注意到了我的目光,说道。

"什么?"

"在熔岩里走的那些生物叫炽足兽,完全无害——我听说,如果你想的话,甚至还能像骑马一样骑它们。至于另外

我的世界：避风港试炼

两个……"她冲恶魂示意了一下，"如果我们靠太近的话，那只恶魂就会朝我们发射火球，火球会在我们脑袋上爆炸，造成巨大伤害。"她又指了指角落里的那群生物，"疣猪兽并不会主动发起攻击，除非我们距离它们三十步以内。所以无论什么时候都尽量和这俩东西保持距离。"

"哇。"我说，"我真是迫不及待想要离开这里了。"

"那就挖吧。"阿米娜塔说完便取出一把锹开始挖脚下的沙子，"你可以用手，不过别往下挖太深了——你永远不知道那下面是什么。就站在原地，挖周边的灵魂沙就可以了。不要往疣猪兽的方向靠近，不然它们会跑过来的。收集完周围的这几块之后就走，反正我们一共也只需要四块。"

我听话地行动起来。很快，我们各自的物品栏里就多了不少灵魂沙。

"好了。"她说，"按照之前的那条直线，原路返回。"

我再次照做，不一会儿就穿过了传送门。世界再次颠倒，无主之地日落的光辉驱散了黑暗。我忽然觉得，这是我所见过的最明亮的世界。

"哇。"我战栗了一下，"这是我目前为止去过的最诡异的地方了。"

"下界这名字不是白叫的。"阿米娜塔说，"这还只是一个小洞穴的模组而已。想象一下，如果无主之地里有一整片下界，我们就倒霉了。"她环顾四周，"你的朋友还是没有来。"

我同样张望了一番。夜晚就快降临，可乔希姆依然不见踪影。

"你跟他说了我们会在这里，对吧？"她问。

"对的。"我说，"我们能把今晚的庇护所建在这附近吗？说不定过了今晚，他就来了。"

"可以。"阿米娜塔说，"但如果到明天他还没有来，我们就得走了。我们可不能冒着被无主之人杀掉、丢掉所有灵魂沙和凋灵骷髅头的风险在这里等。"

"行。"我应着，心里却在说："快来吧，乔，你到底去哪儿了？"

第二天早晨，我们从灵魂沙峡谷传送门附近的庇护所出来时，乔希姆仍然不见踪影。

"或许，你得让他来山里找我们了。"阿米娜塔说。

"山里？那样他岂不是更难找到？"

"可能会吧，但我们不能就在这里干等，会变成活靶子的，必须一直移动才行。"

我再次环顾四周。快来啊，快来啊，乔希姆！他改变主意了吗？他不来是因为我做的什么事吗？我又一次破坏了我们的友谊吗？就像那次推倒银橡园——近乎毁掉和特芮斯的友谊一样吗？

破坏友谊——这就是我所擅长的吗？我望向阿米娜塔，她看起来已经不耐烦了，来来回回走着，关注着周围的响动。如果我要求她再等一等，她是不是也会生气，然后我们的友谊就这么毁了?

"一段友情总是会起起伏伏，"脑海里响起了阿妈的声音，"但这些都没关系。"

"好。"我说，"我们去山里吧。"

第二十一章

我们花了整整一天才到达山里。一路上，阿米娜塔和我既没有停下脚步，也没有停下嘴，我俩不断吃东西确保体力充足。沿途遇到的几只怪物都被我们轻松解决，唯一一次敌众我寡还是因为路过了一个刷怪笼，不过我们仍然稳占上风。

我们也遇到过一些无主之人，大部分都是孤身一人或者两两结伴，没有像德克兰那样的大批人马。阿米娜塔想要主动攻击他们，这样就不会被对方抢占先机。这也是她未雨绸缪收集经验值的好机会。然而我不喜欢这样，于是告诉了她。她重重地叹了口气，但还是决定尊重我的想法。

我们在天黑前赶到了山边。

从地图上看，这些山脉不过是弯弯曲曲的一堆线条。然而等真正靠近了才发现，它们是由沙子、石头和草层层堆叠，顶部盖着皑皑白雪的庞然大物。每一处尖峰和深谷都极其陡

我的世界：避风港试炼

峭，悬崖密布，有些悬崖上还挂着瀑布。山脉高耸入云，我瞬间意识到每一个妄图攀过顶峰的人都会有坠落殒命的风险。

"哇。"我惊叹道。

"是啊，"阿米娜塔说，"太大了，不是吗？"

"完全同意。"我迅速看了一眼地图，确认了一下这是否是我们要找的地方。应该没错。

"会有人试着爬过去吗？"我问阿米娜塔，"就是不完成第二试炼，直接爬到山的另一边去。"

"哦，我试过，嘿嘿。"她说，"只是一到山顶，我就会被踢下去，完全没法儿看到另一边是什么样的。不过哪怕在那种时刻，我也听不到一丁点儿对面传来的声响，就好像那里是……一片空白。"

"嗯，"我说，"那信标要怎样把我们送到那儿去呢？"

"我觉得和传送门差不多，"她说，"你懂吗？就像灵魂沙峡谷那样。信标会打开一扇传送门，把我们送到第三试炼点的维度里。不过我至今不知道那是个什么地方，之前还没看清就被怪物围攻了。如果这次能一切顺利，我们很快就可以知道了。"

我跟在她身后开始攀爬。我俩分工明确，她把挖出的方块放到脚下让我踩上去，而我也用同样的方法为身后的闹闹铺路。

不一会儿，我们就来到了山峰上接近雪线的地方。她停了下来，有些犹豫地环顾四周。

"怎么啦？"我问。

"可恶，"她说，"我好像找不到上次用过的洞穴了。"

"我们不能找一个新的吗？"

"可以是可以，但这就意味着我们得为了打凋灵而特意挖一个洞出来。在不熟悉的山里挖洞可能会很危险。"

"为什么？"

"嗯，首先，我们肯定会遇上敌对生物，因为山里总是很黑。要打败他们也很麻烦，因为我们太容易掉下去了。此外，这里还有很多废弃矿井，一不小心就会落进去。更可怕的是，这里还有蠹（dù）虫。"

"蠹虫？"

"对的。蠹虫虽然小，却是能置人于死地的敌对生物。它们一般会躲在石头里，趁你挖掘的时候忽然跳出来攻击你。"

"哇。"

"是啊。"她环顾四周，"不过天色已经晚了，我们还是先挖一个小庇护所熬过今晚吧。明天日落前，我们会想出办法的。"

第二天日落以前，我们果然想出了办法，那就是挖一个新的山洞，在里面释放凋灵并与之战斗。

"那乔怎么办？"阿米娜塔搜寻合适的挖掘位置时，我问道。

"我们可以在打败凋灵之后去找他。"她说，"现在就专注于做完眼前的事吧。"

"如果我们失败了呢?"我问。

她瞪了我一眼:"我们为什么会失败?"

"我不知道,因为凋灵……怎么说……很厉害?我听说它的血量是我们的十五倍。"

"没错。"

"所以……"

"所以它打我们一下,我们就打回去十五下。"

"呃。"我来来回回走了几步,"我总觉得,如果有乔在,打凋灵就会轻松一点儿。"

"没错。"她说,"但他现在不在这里,我们也不能凭空把他变出来,所以还是先把能做的事情做好吧。"

我们开始动手挖掘。先造一个一格宽、两格高的隧道。阿米娜塔同我讲了她的计划。

"首先,打凋灵的时候,我们必须把它困在一个地方,"她边挖边说,"不然它可能会飞走或者避开我们的攻击。所以在这条隧道尽头,我们要造一个房间,大小正好能装下它。等你释放凋灵之后,我们就得跑回隧道里,一定要快!"

"为什么?"

"因为它会膨胀,然后爆炸。"她放置了一个火把,"这会摧毁附近大量的方块。在那之前我们都无法攻击它,因为它会免疫任何伤害。不过爆炸之后,我们就能用箭射它了。它被困在房间里,是没法儿躲开的。我俩一块儿射箭,然后再进去用剑打它。"

"听上去很简单。"我也放置了一个火把。泥土已经被挖完了,我们来到了石头层。"怎么会这么简单?"

"哦,不简单。射箭的时候,凋灵不会就这么呆呆看着的。我们打它,它也会同时摧毁附近的方块,也就是隧道周围的那些,所以我们得一直往后退。它还会发起冲撞攻击,并朝我们发射凋灵之首。如果命中的话就会造成'凋零效果',那会持续降低你的生命值。"

"哇。"我说着,又放下了一个火把。

"别担心。"她说,"我还有几桶牛奶能解除这个效果,我们可以共用。"

我们不断地挖掘—放火把—挖掘—放火把。到目前为止,我们还没碰上任何生物或是藏有蠹虫的方块,此时入口处也已经离我们很远了,一路尾随的闹闹发出了嗷呜的叫声,提醒我他对此感觉并不好。

"我也不好受,宝贝。"我说。

"好了,差不多了。"阿米娜塔终于开口,"先吃点儿东西吧,然后我们再来造房间。"

房间很快就完成了,小小的出入口被一两个火把照着,即使是凋灵的爆炸也不能完全摧毁这一切。

下一步就该制造我们的凋灵了。

"凋灵得由你来释放,"阿米娜塔说,"这样才能算是你的第二试炼。"

我的世界：避风港试炼

我将不同方块按指定位置摆放好。首先是将四块灵魂沙摆成 T 字形，然后要把三颗凋灵骷髅头放在上面。阿米娜塔告诉我，放下最后一颗凋灵骷髅头的瞬间，凋灵就会生成。

手中只剩下最后一颗凋灵骷髅头了。放置前我问阿米娜塔："准备好了吗？"

"等等。"她说，"我要先给你几样战斗用的东西。"

她开始往地上扔物品，我一一捡起来：三桶牛奶、四块面包、一个金苹果、两瓶力量药水、十八支箭。

"牛奶是为凋零效果准备的。"她说，"如果你中了凋灵之首的攻击，就马上喝掉一桶。面包可以防止你的饥饿条掉太快，战斗很消耗体力的。金苹果算是你的底牌，一旦有任何差池，吃了它可以恢复饥饿值，短期内也能增加生命值和恢复能力，不到万不得已的时候千万不要吃。"

"好。力量药水又是干什么的？"

"等换上剑的时候喝，可以增加伤害值。打到一半再把另一瓶喝掉，能助你迅速结果掉凋灵。"

"好酷！不过，为什么要给我那么多箭？"

"我给了你十八支，因为超过这个数字，凋灵就会对箭伤免疫了，那之后就需要我们进去用剑战斗。你得对它造成至少二十五次伤害——差不多要打掉一半血条，你的第二试炼才算数。我跟你说，奥目可狡猾了，他从不告诉别人还有这么一条规矩，我是吃了苦头才发现这点的。所以，如果不确定能否命中,就不要把箭射出去。拉弓后等时机成熟了再射。"

我默默重复了一遍她说的话,并将所有物品都整理进快捷栏以方便取用。

"我在黑森林里给你的再生药水和铁剑还在吗?"

"在,怎么啦?"

"把它们也放到快捷栏里,不然等你需要把箭换成剑的时候会很头疼的。原则上,能不靠近就不要靠太近。但如果你把所有东西都用完了,就换上你的剑,把剩下的再生药水和力量药水都喝下去,然后往前冲就是了。"

"那不就相当于是自杀行为?"

"差不多吧。不过这是一种很好的死法,不是吗?"

我盯着快捷栏里的物品,默默祈祷了一会儿。

"记住,"阿米娜塔说,"放下最后一颗凋灵骷髅头之后你要……"

"跑,一直跑到隧道的尽头,等待爆炸,然后开始射箭。"

"很好,小斗士,是时候出击了。"

深呼吸后,我捧着最后一颗凋灵骷髅头向前走去,伸手,举高,正当我准备将它放下时……

"茜茜!"内置的语音系统忽然提示,一个身份不明的玩家向我发来了消息。

我迅速转身。有人正沿着隧道,朝我和阿米娜塔飞奔而来。那人穿着铁盔甲,手握铁剑,除此之外没有任何东西能帮我辨认出来者是何人。

直到我看清了那人选择公开的玩家名——乔乔_霍比特。

"乔？"我说，"是你吗？"

"他们来了！"他大喊，"所有人——他们都来了！"

"站住！"阿米娜塔抽出她的钻石剑，"我说，站住！"

"谁来了？"我问，"等等……你是怎么找到……"

"我去了你给我的那个地址。"他边说边向前跑，"他们在那里埋伏，就好像他们知道我会来一样。不对，是知道你会来。我就跑了，但是他们追了上来。"

"他们在哪儿？"阿米娜塔打断了他，"他们跟着你？"

"我远远地看见了你俩。"

"我问，他们跟着你了吗！？"阿米娜塔几乎是在怒吼。

"我不知道，但他们一开始是跟着我的。"

"糟了！"阿米娜塔说着看向了我，但视线并没有落在我身上，而是落在了身后的房间里。

我转身时，某种隆隆的巨响也随之而来，隧道尽头刚建好的房间都为之震颤。我花了一些时间才意识到，原本拿在手中的最后一颗凋灵骷髅头已无影无踪。一定是我在刚才的吵闹和尖叫声中不小心放上去的。一秒前还在那里的灵魂沙和凋灵骷髅头，一秒后已经变成了一头长着三个脑袋的黑灰色巨兽，屹立在我们身前。

凋灵发出了一声令人毛骨悚然、如死亡般的低吼。

"这是个什么？"乔希姆说。

"快跑!"阿米娜塔一声大喊,于是包括闹闹在内的所有人都转身向着隧道另一头拼了命地奔去。

耳边充斥着凋灵变大时所发出的越来越响的怒吼,我背上的汗毛都竖了起来,一阵战栗涌过全身。我试着集中注意力回忆阿米娜塔迄今为止教过我的所有东西。力量药水、弓箭、面包、牛奶、再生药水……我在脑中反复背诵,以此让自己冷静下来,同时慢慢倒数着,等凋灵爆炸后我们就可以展开进攻了。

然而这导致了我并没有注意到,在隧道的另一端,也就是我们逃离的方向,已经黑压压堵了一群无主之人。

阿米娜塔最先看到他们,大声喊停。乔希姆躲避不及撞了上去,而我又撞上了乔希姆。

"你好,小龙人。"德克兰说着便走进隧道,堵住了出口,"还有小龙人的朋友……哦不,朋友们。"

他的两个穿着钻石盔甲的手下打碎了几格方块,站到了他的身后。这样一来,整个出口都被封住了。我们真真正正成了瓮中之鳖。

凋灵的吼声响彻了隧道,德克兰和他的手下随之一愣。

"那是?"德克兰问,"不会吧,你开玩笑的吧。你不会真的?"他嘻嘻嘻地笑了起来,"真不错,看来今天,你要死在我们中的一个手上了,小龙人。"他拔出了自己的剑,"快来选一下,你想要死在谁手上呢?"

阿米娜塔同样引剑出鞘,蓄势待发。"如果真能选,反正不会是你。"

"给我冲！"德克兰带领着他的手下向我们跑来。

紧接着，凋灵爆炸了。然后一切都失控了。

第二十二章

无论是在现实生活中还是在无主之地里,我都从没打过架,更不用说是在狭窄长廊里的混战了。所有人的身体都挤在一起,不远处还有一只体形是我五倍大的三头怪物俯身压向我。

我僵住了。

我不知道自己在原地站了多久。时间失去意义,耳畔寂静无声,我看着方块在我周围轰然倒塌,玩家和凋灵发出同样的尖叫、同样的怒吼。

有人在喊我的名字,我一个激灵,终于回过神来。

"茜茜!"是阿米娜塔。她正抵挡着德克兰和他的一名手下的进攻,另一边,乔希姆也没让那些新进到隧道里来的人消停。他四处蹦跶,躲避着他们的袭击。

"茜茜!"在德克兰攻击的间隙,阿米娜塔转头冲我喊话,"杀了它!"

我的世界：避风港试炼

"他们伤不了你，你有闹闹！"乔希姆也喊道，"去打凋灵！"

于是我转过身，背对着德克兰和他发起的混战，迎向了怪物。

多亏了早先的那一句"快跑"，我们已经撤到了离凋灵相对较远的隧道尽头。然而刚才的爆炸为它创造了更大的空间，眼见它已横冲直撞朝我碾来，触碰到的每一格方块都应声粉碎，为它让出通道。更糟糕的是，其中还混杂着几块黑色的、被虫蚀的方块。有两条虫子一样的灰色生物在方块碎裂后钻了出来，一边发出咝咝的声音一边向我扑来。

"坏了。"我低声自语，抽出铁剑，"是蠹虫。"我赶紧拿出第一瓶力量药水喝下，仿佛将一切希望都寄托于它。

蠹虫长着黑色的眼睛和豪猪一般的身体，步伐轻捷细碎，移速很快，不过死亡速度也同样很快——我只挥了一下剑，它们便在咝咝声里灰飞烟灭。我迅速将武器换成弓，搭上一支箭，瞄准了凋灵射去。

箭命中了目标。

"中了一支，"我告诉自己，"再来！"

身后的打斗愈发激烈，所有人都在大喊大叫，语音文字转换系统在此起彼伏的怒吼声中根本无法工作，我的耳边只剩下一片混乱的嘈杂。但我也没有转身，我相信我那只坏脾气的小猫，无论用什么方法他都会保护我的。我将注意力全都投入在隧道尽头。

我稍稍后退，又射出了一支力量之箭。中了！再后退，再射，又中了！凋灵发出愤怒的嘶吼，进而打碎了更多方块，一步步朝我逼来。我再度后退，松手放箭。又一支，又一支，总共中了六支箭。

忽然，凋灵与我对视了，它身躯一颤，发射出了三颗凋灵之首。

糟了！"蹲下！"我大喊道，同时降低重心俯下身来。

第一颗擦着我飞过，第二颗也同样没有命中。我的身后传来一声闷哼，有玩家被击中了，紧接着又是砰的一声。单听声音，那既不是乔希姆也不是阿米娜塔的，大概是德克兰的手下吧，不过我并没有回头确认。

第三颗较前两颗稍有延迟，此时不偏不倚正中我的胸膛。

我全身震颤了一下，生命值瞬间掉了一大段。然而血条并没有就此停住，而是在继续下降。凋零效果正侵蚀着我。

"牛奶，牛奶，牛奶。"我一边喃喃自语，一边拼命在快捷栏中搜寻奶桶。生命值掉到只剩两颗心时我终于找到了牛奶，并迅速喝下。接着我又掏出再生药水，同样一饮而尽。生命值开始回升，我赶紧再往嘴里塞了两片面包，维持一下饥饿值。

"好了，这下我是真的生气了。"我掏出弓箭，飞速射出四支箭。两支偏了，两支命中。凋灵号叫着，打碎了更多方块，试图寻找隧道中的我。我又射出三支箭，全都命中。但

我的世界：避风港试炼

由于我并未把弓拉满，只打出了最小伤害值。这就仿佛是冲着大象扔飞镖。

我断断续续发射着手中的箭。中了，没中，中了，没中……但都不重要，只要能够尽快阻止这怪物打碎更多方块靠近我就行。现在的我几乎已经退到底了，背部和乔希姆紧贴着。他正忙于击退一拨又一拨德克兰的人。再射一箭，可箭却只是在凋灵身上弹了一下，没有造成任何伤害。我又放出另一支箭，同样没有伤害。此时我才注意到，凋灵的生命值已经低于一半了。它发出了类似于冲锋的声音，周身被光盾笼罩着。下一秒，它便召唤出了三颗凋灵之首。

糟了！

幸好，乔希姆忽然出现在我面前。

我必须得再靠近点儿。

于是我按照阿米娜塔说的，喝下了最后一瓶力量药水，然后拔剑向内冲去。

可还没打两下，凋灵便击中了我，将我甩回隧道里，生命值也一下掉到五分之二处。我掏出金苹果，两三口吞下，又重新跑回凋灵面前，开始用剑攻击，每一下都没有落空。然而在我进攻的间隙，它也成功攻击到了我至少一两下。多亏了金苹果，我的生命值恢复速度极快，在跑回隧道短暂喘息之前还顺利打到了它好几下。

此时，凋灵已经将房间炸得七七八八，这给了它足够的移动空间。于是它下到与我齐平的位置，又朝我发出了三颗凋灵之首。

我躲开了第一颗,却没躲掉紧随其后的第二颗和第三颗。

在第一次被击中后我拿出一桶牛奶,咕嘟咕嘟喝着的时候又再次被击中。结果是我解除了凋零效果,但生命值却掉到了临界点——我只剩下半颗心了!

"哦不,"我想,"要结束了。"

要打败凋灵,我至少还得再命中五次攻击。可是我的金苹果没有了,力量药水和再生药水没有了,箭也没用了。我不可能顶着半颗心完成那五下攻击的。我会被打倒,然后一切就都结束了。

可下一秒,我想到了办法。

和唤魔者一战已经过去很久了,久到我都忘记自己还有不死图腾。这正是我现在最需要的东西。如果我将它握在手中,那么受到致命伤害时它便能救我。

于是我将它从物品栏中取出,放在左手掌心中,右手则仍握着剑。

"你喜欢我的双保险吗,凋灵?"说罢,我又冲进了房间。

之后发生的一切我已经记不清了,只知道进去后我又是不停挥剑,命中了很多下但也失手了很多下。第四次命中的时候,它又朝我射出三颗凋灵之首。

而每一颗都正中我的心口。

眼前黑了大概半秒,我很确信这就是终点了。在无主之

我的世界：避风港试炼

地的倒数第二条命也丢了，现在我只剩下一条命，却还要完成两个试炼。我想，我可能永远到达不了避风港了。

紧接着我听到一声巨响，仿佛是玻璃或者钻石碎裂的声音。

然而破碎的并不是什么钻石，而是不死图腾。

一股力量涌遍全身，及时将我从死亡的国度拉了回来。生命值开始迅速上涨，图腾的恢复能力生效了，更妙的是还叠加了伤害吸收效果。我一下子回满了四颗心。我感觉自己是超级英雄，是机甲，是战神！

现在就是打败凋灵的最佳时机。

"我会到达避风港的。"我抽出剑，语气中满含着喷薄而出的自信，"你阻止不了我！"

我朝着凋灵冲去。

它仿佛闻到了我的杀气，又好像预知了自己的死亡。它惊叫着，颤抖着，猛地抬起头——三颗脑袋都屹立着，向我喷出了最后三颗凋灵之首。

第一颗命中了我的胸膛，我没有停下脚步。第二颗也击中了我，生命值骤降，而我依旧大步往前。第三颗再度命中，生命值已经掉到了临界点。然而没有什么能够阻止我。我会去避风港的，我一定会见到我的朋友的。

我将手里的剑高高举起，用尽全身力气朝凋灵劈去。

凋灵颤抖着，中邪似的全身痉挛，紧接着又发出了令人毛骨悚然的惨叫，那惨叫声仿佛永远不会停止。

忽然之间，一切都结束了。"第二试炼完成！"对话框里跳出新消息，同时我的头顶掉落了大量绿色的经验值。"恭喜！"

凋灵原本的所在之处现在只剩下一颗孤单的下界之星。我拖着一条腿，步履沉重地走了过去。生命值还在往下掉，我伸手将下界之星捡了起来。

"下界之星！"对话框再度发出消息。

然而我的生命值还在不断下降，已经到了岌岌可危的程度，却仍无一丝停下来的意思。我忽然意识到，自己还没有解除最后三颗凋灵之首所带来的凋零效果。

在生命值快降到零的时候，我找出了最后一桶牛奶。视线边缘逐渐暗淡，周围的一切在一点点化作虚无。我能看见隧道，能看清人的轮廓，他们还在打架——真的还在打吗？我分辨不出谁是谁，甚至不知道眼里的到底是人还是猫。我不知道朝我走来的到底是乔希姆还是阿米娜塔，抑或是德克兰，但我能听见他们喊我的名字："茜茜！茜茜！茜茜……"

我用最快的速度喝下牛奶。很长一段时间里无事发生，可紧接着……

第二十三章

"茜茜！"阿爸走进休息室，一把摘掉茜茜头上的耳机，又抽走了她手中的手柄，"嘿！"他在女儿耳边打了个响指。

茜茜一跃回到了现实世界中，眼睛像僵尸一样眨巴着。

"你知道自己在干什么吗？"阿爸说，"看时间了吗？虽然今天是周五，但你也不能这个点还不睡觉，在这打游戏啊！"

茜茜眨着眼望向时钟。一点半了，凌晨一点半！

"我刚刚可能死了。"她慢慢说道。

"你说什么？"阿爸惊得后退了一步。

"我刚刚可能死了。"茜茜又重复了一遍，"在你把我从游戏里拉出来之前，我正在经历一生中最艰难的战斗。当然，我可能赢了，也可能已经被你害死了。"

阿爸用一只手捂住胸口。"行吧，先打住，别这样吓我。我还以为你在说现实里的事情。"他又轻轻皱了皱眉头，"不过我还是不太喜欢你玩这个游戏，每次都过于沉浸其中了，而且这里面还有那么多打打杀杀的内容。茜茜，你到底是怎么了？这都快凌晨两点了，可你连睡衣都没换上。"

茜茜低头看了一眼才注意到，自己还穿着校服衬衫。她已经不记得今天发生过什么了。在学校里这一整周的记忆都是模糊不清的，就好像那是很久以前的事，而不是几小时前刚发生的。她唯一记得的只有放学时叮嘱乔希姆，一定要来无主之地，来约好的地方见她和阿米娜塔。

"我在做一些能帮我找到特芮斯的事。"茜茜说。

"什么？"阿爸挠了挠脑袋，"我听不懂你在说什么。"

"这……很复杂。"

"我想也是，"阿爸说，"但我是不会站在这里听你说完的。今晚不准玩游戏了，我来关机，你立刻上床睡觉。"

"等等！"眼看阿爸伸手就要去拔插头，茜茜赶紧说，"能不能让我先保存一下游戏再退出？"

阿爸愣住了，看了一眼自己的女儿。虽然他不太懂游戏，但还是表示了理解。他点了点头："行吧。"

于是茜茜迅速按下保存键，又等了半分钟来确保成功，然后关掉了机器。她并不知道游戏里到底发生了什么。虽然完成第二试炼这件事是确定的，但她是不是已经只剩下一条命了呢？下界之星还在手里吗？和德克兰一行人大打出手的乔希姆和阿米娜塔还好吗？

这些问题的答案要等之后才能揭晓了。她关掉休息室的灯，在阿爸的注视下离开了房间。阿爸督促茜茜换好睡衣，刷完牙爬上床，然后给她掖好被子。

我的世界：避风港试炼

"晚安，宝贝。"阿爸说完顿了顿，"抱歉，之前对你凶了点儿。我明白，你很想念你的朋友，但你也知道，游戏并不是能联系到她的唯一途径，不是吗？我可以去社区里问问，一定会有人有办法拿到金戈先生的新手机号码，让你和你的朋友说上话的。我会帮你，但我不希望你因为这个熬夜。"

"也不只是……"茜茜叹了口气，"也不全是因为特芮斯。一开始，我确实是很想找到她，但现在，我在那里有了新朋友，他们都需要我的帮助。"

"这些事你也可以等到明天再做，不是吗？事实上，下周再做也行。我们计划好明天要去社区的独立日庆典的，忘了吗？我觉得这周末你应该把游戏放在一边，去外面玩。说不定还能在真实世界里交到些朋友呢。"

"他们就是我真实世界里的朋友。"茜茜反驳道。

"好好好。"阿爸应着，"那我们做个约定吧。如果你这周末能不玩游戏——平板电脑也不许玩，那我就帮你去找找联系上特芮斯的方法，怎么样？"

"好吧，就这样吧。"茜茜叹了口气说。

"很好。"阿爸说，"好好睡一觉吧。"他熄了灯，又关上门，整个房间落入沉沉的黑暗中。

茜茜闭上眼，长舒了一口气。没有游戏带来的肾上腺素刺激，现在确实有点儿困了，要不看几个视频来助眠吧。

她拿出塞在被子里的平板电脑，这么做就是为了以备不时之需。然而刚打开直播软件，她就瞄到了消息通知栏。

有新消息——乔希姆发来的消息。

先是一句急促到近乎狂乱的"你在哪里？"后面跟着两个句号，大概是一着急按错了。最后一条消息同样迫切，可读完后，茜茜却觉得周遭的一切都慢了下来。

"阿米娜塔，"那条消息写着，"她不见了。"

接下来简直度日如年。茜茜半梦半醒地睡了会儿，又过早地醒来，于是接下来的一整天，她都气呼呼的。虽然她几度心痒想把手伸向游戏机，去确认阿米娜塔的安危和自己的状态，但因为和阿爸有约在先，她还是忍住没碰。不过即使碰了也没用，因为阿爸早已把游戏机的电源线拔掉收了起来，以此确保茜茜不会食言。

与此同时，宝石海岸社区一片欢腾。每年的10月1日，社区都会不惜成本、不遗余力地来庆祝尼日利亚独立日，今年的这个周末也不例外。居民们在各处都挂满了绿色和白色的灯，并在窗边系上同色系的绸带。汽车上被插上了小小的尼日利亚国旗，每条街道都至少有一户人家像阿劳尔家一样，高高地升起一面大国旗，在晚风中骄傲地飘扬。

庆典的最后一个环节是周日晚上的独立日舞会，一般会在社区中心的绿色公园举行。那是一块相当大的场地，可以容纳社区里所有的家庭以及他们的亲朋好友。阿妈建议茜茜把乔希姆也叫上，于是她便发了短信，询问他想不想来。很长一段时间后他才发来回复，表示自己会尽量到场。

我的世界：避风港试炼

　　终于到了周日晚上，茜茜在庆典现场的一处角落里独自站着。这是她第一次参加没有特芮斯的舞会，眼前的景象将她带回到了过去，无论是尝遍现场所有美食还是一起参加游戏，那都是她们曾经共度的快乐时光。然而今天，茜茜却什么都不想做，此外她也并不想弄脏自己的裙子。

　　她和周围的人一样，穿着用绿、黑、白三色安卡拉印花布做成的衣服。几周前，每家每户都分到了同样的面料用来做各自的衣裳。茜茜的裙子是无袖的，有大裙摆，十分优雅。她特别喜欢这条裙子，为了能在众人面前炫耀一番，她才决定来参加舞会。此外，阿妈还同意带她去理发师那儿做辫子造型，而不是在家草草了事，这也是她会出现在这里的原因之一。当然，也因为她和阿爸做了约定。

　　扩音器里的音乐震耳欲聋，各处都有提供食物和饮料的摊位。炒饭、鸡肉卷、牛排……各式各样的餐点，甚至还有山药泥蔬菜汤。然而茜茜并不开心，她站在角落里，手上捧着一杯最爱的木槿汁。眼前的每个人都在跟随非洲节拍音乐舞动，而她只是在一旁看着。

　　有人在她肩上拍了一下。她转身，是乔希姆。他穿着一身茜茜从未见过的新衣服——纯白的球鞋，画着钟表猫头鹰图案的 T 恤，还有新做的发型。茜茜很喜欢这样的他——他看起来很不错，也有足够的自信重新回到这里。这下，社区里那些尖酸刻薄的孩子总该闭嘴了。

　　"独立日快乐！"他边说边和茜茜击掌。

"同乐!"她说着,从边上拖来一把椅子让乔希姆坐下,自己随后也搬来一把。

阿妈恰好在此时路过,发现了乔希姆。

"乔,你来了!"她拥抱了他以示欢迎,接着问道,"吃过饭了吗?我来给你拿点儿吃的吧。"阿妈叫住了一旁端着托盘的人,那人递给乔希姆一盘鸡肉饭,又问他想喝点儿什么。他要了一罐可乐。

"说起来,"乔希姆在音乐声中边吃边问,"你好像一直没回无主之地。"

"我被禁游了。"茜茜说,"至少这周末不能玩。我和我阿爸有一个……算是约定吧。"

"哦,好吧。那你什么时候回来?你俩都不在,玩起来有些无聊。"

"周一。"她说着,转向了他,"说到这个,快告诉我,阿米娜塔到底怎么了?"

他做了个手势,表示自己想要先吃完食物再讲故事。茜茜不耐烦地等着,直到他啃完了鸡骨头上的每一丝肉,喝干了最后一滴可乐,又打了个大大的饱嗝儿。

"噫!"她说,"注意形象啊,朋友。"

乔希姆大笑起来。"抱歉,我经常会忘记自己在干吗。"他又清了清嗓子,"所以,阿米娜塔——"

"她……死了吗?"

他顿了一会儿才缓缓点头。

"你看到她怎么死的了吗?"

乔希姆又停顿了一下,再点了点头。

"告诉我怎么回事?"

"因为德克兰。我们打了很久,可对方人数实在太多了。我能勉强活下来还是因为你躲掉的那些凋灵之首砸中了几个围攻我的人。"他鼓了鼓脸颊,"都是我的错。如果我没把他们引过来……"

"别这么说,"茜茜说,"不是你的错,你也不知道他们埋伏在那里。"

"你能替我向她道歉吗?我知道她在攒经验值,也知道每次死亡都会扣掉一些。如果需要的话,我会帮她一起把丢掉的经验值再补回来。"

"我只能通过游戏平台联系到她,所以大概得等周一了。"茜茜说,"那之后你又去过无主之地了,对吧?你又见到她了吗?她还活着吗?你知道吗?"

乔希姆耸了耸肩。

"我真希望她没事。你知道吗?我希望我们能一起完成试炼,一起去避风港,一起打败奥目,然后见到特芮斯。"茜茜叹了口气,"希望这一切都还可以实现吧。"

庆典音乐响彻了整个社区公园。茜茜和乔希姆在外缘走动着,时不时停下来看看各种表演。有个人在变纸牌魔术,他让纸牌消失后又从观众的食物里拿了出来。场面一度十分滑稽,茜茜和乔希姆看着吃惊的人群,笑到停不下来。

茜茜意识到，乔希姆在身边的时候，她会比独处时更加舒适放松。他大概是继特芮斯之后最接近"好朋友"这一身份的人了。她想着，如果他每周末都能像特芮斯一样来找自己玩就好了。尤其，特芮斯现在还在另一个时区。当然，他们还是得避开那些势利的社区孩子。今晚的庆典他俩就这么做了，于是一切都进展顺利。

"你会跳舞吗？"乔希姆边问边向场地中央走去，那里有不少人都在跳舞。

"不会。"茜茜坦白道，"我的好朋友特芮斯曾经说过，我身体里一个舞蹈细胞都没有。"

"那咱俩是一样的。"他边笑边说，"我这辈子都学不会跳舞。"

"那你为什么还要往那边去呢？"

"因为……管这么多干什么？"他说，"跳舞总体而言还是很有趣的，所以我要去。"

他挪到了人群中间，扭着屁股，身体左右摆动。茜茜笑到有些失控，大声称呼他为小老头儿。可不一会儿，她也加入了他的行列。

第二十四章

周末的狂欢结束后,阿爸找到茜茜,和她说了说寻找金戈先生手机号码的最新进展。

"我联系了几个人。"他说,"好消息是,跟我们隔着三条街的欧路麦德太太有金戈先生最新的手机号码。不过坏消息是,她出去度假了,任何渠道都联系不上她。不过我听说她下周就会回来了,所以我们不用等太久。"

然而相比于联系上特芮斯,茜茜更在意的是阿米娜塔的状况。特芮斯在避风港是不会有事的,阿米娜塔才是此时此刻最需要帮助的那个人。

于是,周一一大早,在阿爸阿妈醒来之前,茜茜就爬了起来,坐到已被恢复原样的游戏机前,戴上耳机,打开电源。

"嗨。"她在聊天框里给阿米娜塔发着消息,"乔跟我说了所有事情。我很抱歉,乔也很抱歉。"

她顿了顿,又加了句:"我还是会帮你完成第三试炼的,这样你就能拿到经验值,成为奥目了。我是说,如果你还想的话。"

接着,她关掉了聊天窗口,去了学校。

整整一天,茜茜都没什么时间去想无主之地和阿米娜塔。十月到了,学校开始加快教学进度,学生的学习任务也越来越重。之前一直忙着寻找特芮斯,忙着在无主之地上活下来的茜茜根本没有好好去适应中学生活,现在她开始尝到后果了。

虽然成绩并没有下滑,但有几门科目还是难住了她。第一节是数学课,格本佳先生教了代数,可茜茜完全无法理解这些内容。第二节是科学课,她又在可再生能源和非可再生能源之间纠结。幸好,乔希姆答应在午休时段给她补课。俩人坐在餐桌旁,把所有时间都花在研究笔记上,因此也没什么机会聊起无主之地。

午休后的课也并没有好到哪里去。豪萨语[①]课的老师语速极快,无论她说的是英语还是豪萨语,教的是阅读理解还是写作,茜茜都听不明白。

等到放学的时候,茜茜已是筋疲力尽了。回家路上,阿妈看了看前座安安静静的女儿。

"今天过得不太好吗?"阿妈问。

"今天过得可太不好!"茜茜说。

"嘿,别着急。"阿妈说,"抱歉,我是说,都会好起来的,别担心。退一步想,你现在有朋友陪你经历这一切了,两个

---

① 西非地区重要的通用语言。

人总比一个人好。"

一路上,茜茜都在思考这句话。回家后,她换下校服,吃了点儿东西,又到了空闲时间。她赶紧查看了一下和阿米娜塔的聊天记录。

依然没有回复。

不过好友列表里居然有显示小龙人_86在线。

于是茜茜戴上耳机,拿起手柄,再次回到了无主之地。

不对劲。

这次回无主之地花了很长时间,就好像这具身体在重启一样。或许事实也正是如此。

我醒了过来,看到的却并不是与凋灵和德克兰恶战的那个山洞,而是一个狭小逼仄的房间,里面除了火把空无一物。我花了点儿时间才反应过来,这是我们出发去打凋灵前造的最后一个庇护所。

"我又丢了一条命。"意识到这点时,阵阵恐惧爬上我的心头。

第一反应,检查物品栏。当我发现下界之星还在的时候,简直激动得要跳起来。一条命丢了就丢了吧,奖励还在就好。

下一秒,我便察觉到庇护所里还有别人——是阿米娜塔!她站在角落里一动不动,或许是暂时从屏幕前离开了吧。她身上穿着的不再是钻石盔甲,而是我从未见她穿过的普通衣服。头发是明晃晃的蓝色，衣服上红黑的图案像极了火焰，脚上则穿着一双棕色的皮革靴子。我开始犹豫她到底是不是真的不在屏幕前。正当我想要开口发问时，她突然转了过来。

"哇啊。"我说，"吓到我了。嘿。"

"嘿。"她说。

"我看到你在线，所以就过来了。"我说，"我不……"我定了定神，"我不知道该说什么。我只是想来这里，陪着你。如果可以的话。"

"好。"阿米娜塔说道。

我们静静地站了很久，虽然一言不发，却能理解对方未说出口的一切。此时此刻，能够陪在彼此身边，一起为所经历的事悲伤难过，就已是一种慰藉。只是，她可能不会再有机会取代奥目，为这个世界带来更多善意了。

"我看到你的消息了。"阿米娜塔终于开口，"谢谢。这让我没那么难过了。"

"没事。"我说，"我只是不希望你生我的气，或者生乔希姆的气。"我顿了顿，"你生气了吗？"

"没有。"阿米娜塔说，"我知道他只是想帮忙。"

"好。"

"不过，不管怎么说，你们也不用再想着帮我了。我已经决定退出游戏了。"

"什么？"

"嗯。"她说，"刚决定的。有什么意义呢？我只剩一条

我的世界：避风港试炼

命，你也只剩一条命了——你打败凋灵后我看着你死去的。我们中的任何一个如果在第三试炼里死了，一切就都结束了。没有避风港，没有新的奥目，我们永远不能再回到无主之地，永远。"

这一切就像一桶凉水泼在身上，但我拒绝低头。我固执地推开所有试图压垮我的犹豫和怀疑，转而说道："不行。"

阿米娜塔抬起头："不行？"

"不行。"我又重复了一遍，"你不能放弃。我们不能放弃。"

"我们？"

"对，我们，不能放弃。"自信一点点盈满了我的声音，"我们会完成第三试炼的。我会去到避风港，而你会成为下一任奥目。"

"那如果我们死了呢？"

"那也是我们努力的结果。"我说，"剩一条命还是十条命，根本不重要，重要的是我们努力过了，这总比什么都不做要好，不是吗？"

她沉思了一会儿终于开口："是啊。"

"所以别闷闷不乐了，行动起来。我们还有个试炼要完成呢。"

然而我总觉得还缺了点儿什么，半晌才反应过来。

"等等，"我说，"闹闹呢？"

"哦对，说到这个，"她说，"他们肯定把他掳走了。"

"他们干了什么！？"我忽然怒火中烧,"好,我和德克兰这仇算是结下了。"

"我们得把闹闹找回来。"她说,"我们一起。"

"真的吗?"我望着她。

"真的。"

"你确定吗?上一次……"

"别再提上一次了。"她说,"想要玩得尽兴,就去做一切想做的事吧。你,我,还有乔,我们一起。"

"好!"我忽然感到全身都充满了力量,"我们一起去把闹闹找回来,然后通过第三试炼,接着,你就能彻彻底底将这扭曲的世界拯救回来。"

第二十五章

加上乔希姆好友后,我们首先告诉了他要来哪里找我们。等他一赶到庇护所,我们便埋头研究起地图来,试图分析出德克兰在哪里。

"他们在村庄不远处有个基地。"阿米娜塔说,"无主之人都叫它铁堡垒,因为那里的大部分建筑都是由巨型铁块堆砌而成的,很难闯入。铁堡垒里人很多,而且奥目还给了他们各种特权作弊,所以真打起来我们不太有胜算。"

"那我们就不打。"我说,"只要趁他们不注意偷偷溜进去,把闹闹接出来就好。"

"我觉得,他们不可能把'幸运护身符'单独放在一边无人看管,放着不管。"乔希姆说,"那听上去是一件需要随时随地带在身边的宝贝,这样就没人能偷走了。"

"乔是对的。"阿米娜塔说,"我们得想想别的方法。"

"我知道了。"乔希姆说,"我们可以趁他们不在的时候偷偷溜进堡垒，然后躲起来。等他们回来下线以后，我们就能带走闹闹了。"

"哇哦。"我说，"这听起来……好像可行。"阿米娜塔也这么觉得，她点了点头。

"很好。"她说，"我们可以，比方说，躲在墙里。就挑那些不是铁制的墙。带着闹闹的人很有可能是德克兰。他是个控制狂，从来不下线，真的从来都不。我们可以去他拴闹闹的地方等着，只要他一挂机，茜茜你就上去喂点儿鱼之类的东西，闹闹就会重新跟着你了。我们可以在所有人反应过来之前溜之大吉。"

听起来是个不错的计划。我们立刻着手执行。

首先，我们试着在地图上找出铁堡垒的大致位置，地图还是我从村庄男孩儿手中获得的那张。乔希姆虽然不像阿米娜塔一样善战，解决问题的能力却是一流，因此我把地图摊在了他的面前。他很快就把范围缩小到了某一片区域，那是他半猜半算得出的结论，我很识趣地没有去问他到底是怎么算出来的。在那片区域里，我们选择了一个比较边缘的点作为目的地。这样一来，我们既可以知道自己与铁堡垒的实际距离，又不至于被其他生物吓到。紧接着，我们分别查看了一下各自的物品栏。我几乎没有什么材料，铁剑也快磨损完了。不过至少我还有食物和工具，这总比空无一物好一点儿。

阿米娜塔和乔希姆似乎也处于同样的境地，然而不管怎么说，我们的物资还是足够支撑我们到达目的地的。于是我

我的世界：避风港试炼

们立刻动身出发。

这一次，穿越沙漠的旅程并没有像之前那么艰难。碰到的怪物虽比之前多，但用来处理它们的时间却短了一半，因为我们无所畏惧，而正是这种无畏一路带着我们前行。此外还有乔希姆帮忙导航。最终，我们来到了铁堡垒前。和预想的一样，那是一座废弃的建筑，但这并不意味着无人看守。相反，四个主入口前都各有一匹狼蹲伏着。

从我们站的地方望过去，我终于理解了为什么人人都叫它铁堡垒。它傍山而建，上半部分完全由铁块打造而成，是一座真正的铁堡垒。周边有一些橡树作装饰，还种着小麦、土豆和甘蔗。此外还有一个小小的农场，里面养着猪和鸡，旁边的柱子上还拴着几匹马。这足以证明，德克兰和他的手下很可能与奥目有着某种交情，毕竟，马在无主之地是很稀有的。总体而言，这是一处很不错的宅邸。唯一美中不足的是宅子的主人是一群坏人。

"如果这群狼的主人在附近，我们就得被迫应战，根本不可能进去。"我说道。但是乔希姆立刻提出，我们不用非得从大门进去。

"我们的锹和镐可不是摆设啊，朋友们。"他说，"我们可以挖一条地下通道进去。"

就这么办！我们在动手前先数了数格子，然后先往下，再往前挖，一路经过了狼群和丘陵，等确定已经挖至内部后就开始向上打通。

钻出地面后,迎接我们的是一间敞亮的屋子,看起来是某种会客厅,位于房子正中央。我们迅速将挖出来的土掩盖好。

"好了。"阿米娜塔说,"现在得找个地方躲起来。我们各自去探探路,然后马上回到这里集合。"

所有人都遵照执行,很快又都回来了。阿米娜塔找到了一间房间,她觉得那应该是德克兰的。我们一进去就发现,她是对的。盔甲架上放了许多物件,旁边是一个壁炉,墙上则挂满了玩家的脑袋——有些还挺漂亮,估计都是他从被他打败的玩家那里夺来的。我甚至怀疑,他偶尔还会戴上这些脑袋,就像是戴了某种骇人的头盔。真想知道那是种什么感觉。

地上还有一个能系绳子的桩子。

"德克兰应该不会让'幸运护身符'离开他的视线。"乔希姆点了点地上的桩子,"看样子,这就是他每晚离线前拴猫的地方。"

"那我们就躲在这边的墙壁里面。"阿米娜塔说,"等德克兰一走我们就出来。"

"就像蠹虫一样。"乔希姆说,"我喜欢。"

我们立马行动了起来。阿米娜塔"洗劫"了附近的一个箱子,找到了些有用的东西,里面有面包、烤土豆、鲑鱼之类能用来喂闹闹的食物。她还翻出了一个时钟,好让我们在墙里还能知道时间。这个时钟很奇特,上面没有数字,表针只是指向某一个方向。我猜这个方向的意思是日落，也就是我们现在所处的时间段。等天黑了，它大概就会指向代表夜晚的反方向了。

乔希姆仔细查看了每一堵墙，寻找着宽度足够容下我们三人，还不会太引人注目的地方。我自己则另有打算。第一步同样是翻箱倒柜，直到我找到了三个马鞍——这应该也是稀有物品，不过这对德克兰和他的手下来说，没有什么是真正稀有的。接着，我沿我们来时的地道一路来到堡垒外面，并试图从树上收集叶子。可惜我做不到——叶子不断粉碎，最终我只拿到了一棵小树苗。

"你要这个做什么？"我一回去，乔希姆就指着我手中的小树苗问道。

"没什么特别的。其实，"我说，"我在想办法收集一些叶子。我们得在墙上留一块空格用于监视外面，而叶子能用来掩盖这块空缺。德克兰只会觉得这里是长了些青苔之类的东西。这样一来，我们就能把外面发生的一切都看得一清二楚了。你们知道用什么工具能收集到叶子吗？"

"剪刀应该可以。"阿米娜塔边说边在物品栏里翻找着，下一秒就掏出了一把，"哈！这个应该能用。不错啊，茜茜。"她将剪刀递给了我。

"我还有个点子。跟我来，带你们看点儿东西。"

我带着他们再次穿过地道，先去外面剪了些叶子，将叶子放进物品栏后，又折返回去找那些马。

"接到闹闹之后,我们得迅速离开。"走到差不多的位置后,我开始向上挖掘,"所以我们可以先给马套上鞍,到时候直接骑走。它们移速更快,能帮我们甩掉各种怪物和玩家,还能迅速带我们回到山里去完成第三试炼。"

"我真想现在和你击个掌。"乔希姆说,"今天的你真是好点子不断啊!"

我把从德克兰的箱子里找到的马鞍递给他们。待每人都找了一匹马套上马鞍后,我们便沿着地道折返回去,躲进铁堡垒的墙里,然后开始耐心等待。

第二十六章

德克兰回来时弄出了很大动静。

以前每次,特芮斯来银橡园找我的时候,落地都会发出噗的一声,这样我就知道她来了,我们便会去寻找对方。因此,德克兰回来的时候,我也能通过噗的声音判断出到底有多少个无主之人跟着他一起传送回了铁堡垒。

"一共六个。"我通过私聊对话框告诉了阿米娜塔和乔希姆,因为不确定那帮人都在用什么系统玩游戏,如果开口说话,可能会被听到。

"了解。"乔希姆说,"那我们等等看吧。"

我从叶片间偷偷望出去,方便确认房间里是否有人在。远处传来嘈杂的聊天儿声,还有一些走动的声音,就好像他们踩在草地上,或者在攀爬什么东西一样。他们回来已经是晚上了,这意味着附近会有大群僵尸出没,我甚至偶尔能听到外面的低吼声。说不定有些小跟班正在外面望风,防止危险的东西靠近铁堡垒。

正想着,德克兰走了进来,身上还穿着钻石盔甲,头上顶着那颗大花脑袋。他的手中攥着一根绳子,绳子的另一头拴着闹闹。闹闹顺从地走着,嘴里还不断发出呼噜声。

我感觉全身的热血都沸腾起来。这是德克兰第二次做出这种事了,他居然用这种方式对待我们的小猫。我必须用尽全身力气才能勉强忍住没有冲出墙壁给他一顿迎头痛击。

"冷静。"阿米娜塔发来了消息,她似乎感受到了我的情绪,"按计划执行。"

想要按兵不动并不容易,但我还是控制住了自己,就等德克兰双手离开键盘了。

我看着他把闹闹拴到桩子上,接着又往箱子里扔了点儿什么东西——显然是他和他的那帮手下从其他玩家手里抢来的。他又把钻石盔甲脱下来,也放进了箱子里。我一度觉得他知道我们藏在墙里,因为他忽然站住不动,手上的动作也停下了。下一秒,他就往我们的方向看过来,直勾勾地盯着那一方树叶。

他朝着被叶子掩住的缺口走来,而我们就站在墙的另一边。阿米娜塔、乔希姆和我三人立刻蹲了下来,努力屏住呼吸。德克兰已经站在我们面前了,中间只隔着一块方块。只要他用镐砸上两三下,我们就会正面相对。

"哦,这一定是我搞出来的。"另一个声音忽然响起,又有人走进了房间,大概是他的一个手下吧。德克兰转身走上前去跟他说话,我虽看不真切,但树叶上他的影子消失了。

"我当时是想移动一个火把,"那人说,"所以就把那里的格子挖了又填上了,用的是我自己的方块。你还记得我们最近去的那个山洞吗?里面全都是青苔。"

"啊对,但这无所谓了。"德克兰说,"你把它修好就行。"

于是那人朝我们走来,离得很近的时候忽然被德克兰叫住了。

"谁让你现在修了?"他说,"明天再说吧。我设置一下重生点就去休息了,你们好好看着点儿,有什么事就叫我。"

听罢,那人灰溜溜地离开了房间,我终于又能从小孔朝外窥视了。一段时间后,德克兰看起来像是挂机了,他的游戏人物就这么在原地站着,一动不动。

"就是现在。"我对阿米娜塔和乔希姆说。

乔希姆刻意放缓了挖掘方块的速度,试图不发出任何声音。很快,他就挖出了足够大的空间供我们钻出来,待我们出来后又赶紧把洞填上。我迅速溜到拴着闹闹的桩子旁边,这距离德克兰也仅一两步之遥。

"拜托别发出声音,拜托别发出声音。"我一边靠近闹闹,一边祈祷着。

闹闹转过身,看见了我。从眼神中我能读出来,他已经快要认不出我了。他很快就会成为德克兰的猫。从发现我的第一刻起,他就发了狂似的,就好像与德克兰的相处已经让他变成了一只野猫,而我成了他的敌人。我从未见过这样的闹闹。

接着,他张大了嘴。

那一刻我几乎可以确定,他张嘴是为了吞下我的武器,因为我和德克兰——他现在的主人之间只隔着一点点距离。然而下一秒我便明白过来,他只是想发出他那标志性的嗷呜,但这叫声一定会吵醒德克兰。

此时,阿米娜塔不知从哪里钻了出来,手里还拿着一块鲑鱼——那是她从德克兰的箱子里找出来的。她伸手递了过去,打断了闹闹的一切动作。闹闹看着免费的午餐,眼睛都快弹出来了。

"快,"我想,"接着呀。"

他真的接住了。阿米娜塔一松手,他就将鱼整个塞进嘴里,用力嚼着。趁这个空隙,阿米娜塔又分给我和乔希姆一人一块鲑鱼。我不太理解她这么做的原因,然而时间紧迫,我也没开口问。

我也把鱼喂给了闹闹,他一口吞下。下一个是乔希姆,闹闹又是一番大嚼特嚼。吃完后,他的身边冒出一串爱心,将我整个淹没。和当初一样,他又是我的了。然而这和第一次还有些不同,这次一共出现了三串爱心,我们每个人都分到了一串。

现在,他不仅只是我的幸运护身符了,他是我们所有人的幸运护身符。

我终于明白阿米娜塔为什么要分鱼给我们了。她赌了一

我的世界：避风港试炼

把——她猜测奥目并没有给幸运护身符的主人数量设限制。当有一群人一起喂他时，他也会把忠诚分给所有人。她赌对了。现在，不是只有我才能享受闹闹的保护了，他将会同时保护我们三个人。

我们争分夺秒地解下了他的绳子，又沿着地下通道蹑手蹑脚离开。房子里几乎没什么动静，只有屋外传来了众人与僵尸打斗的声音。我估摸着剩下的人都已经睡着了。

"等等。"刚刚走到洞口，我便给乔希姆和阿米娜塔发了消息，"还有一件事没做。"

不等他们回复，我便转身溜回了德克兰的房间。谢天谢地，他还是挂机的状态。我摸到他的箱子旁边，从中取出了一整套钻石盔甲穿上，再将自己的铁盔甲放回物品栏。我还拿了一整套钻石盔甲、一把钻石剑、一副弓和数百支未附魔的箭，又胡乱抓了几瓶药水。一番犹豫之后，我从墙上的收藏品中顺走了一颗脑袋，顶到了自己头上，倒是没有想象中那么奇怪。说实话，这和戴着头盔是一样的感觉，唯一的不同就是你还能在脑袋外面再加一顶头盔。我也确实这么做了。

"这就是你的下场，德克兰。"我在心中留下临别赠言，转身离开。

阿米娜塔在地道口打量着我的新装备和脑袋，但当我递给她那一整套钻石盔甲时，她立刻明白了我的意思。

"谢谢。"她打了一行字，然后穿上了盔甲。我给了她新的弓和箭，还把我的旧铁剑也一并递了过去。

我们沿着地下通道往回走，闹闹紧跟在后面。原路折返至拴马的地方后，我们轻轻松松跃上马背，没有碰到任何阻挠。

我们一路疾驰，奔向黑夜。成群结队的僵尸在路边怒吼，却都因为移速太慢而被甩在后面。我想象着德克兰醒来后，发现自己的马鞍、马匹、盔甲和珍藏的脑袋都不见了，一定会发出撕心裂肺的尖叫，能把他的大花脑袋震碎的那种。一想到这个画面，我便止不住地大笑起来，笑声在夜空中回荡。此时，我觉得自己就是无主之地的征服者！

我曾一度觉得自己什么都不是，无论是在虚拟世界还是现实世界，我没什么特质能让别人喜欢上我。可是今天我明白了，那些我熟知且喜欢的东西，无论多愚蠢、多可笑，都能帮助我完成最艰难的挑战。等我和我的新朋友们完成第三试炼后，我们就能一起成为征服者。

第四部分

老套的结局和全新的开始

第二十七章

"有人知道第三试炼到底是什么吗？"乔希姆问。

我们已经在无主之地上骑行了一天半。多亏这几匹值得信赖的马儿，帮助我们在很短的时间内就横穿了青之地，直抵沙之地。阿米娜塔很熟悉第三试炼的信标的位置，所以连地图也不需要了。用不了一天时间，我们就能到达山里。

"不知道。"我说。

"我也不知道。"阿米娜塔说，"我连第一阶段都没撑过去。"

"你是说那一大拨怪物，对吧？"乔希姆说，"我一直在分析，也许我知道第三试炼是什么了。"

"哦？"阿米娜塔和我同时看向他，并异口同声地说道。

"对。"他说，"你能描述一下上次你把下界之星放到信标里的时候发生了什么吗？"

"不是把下界之星放到信标里。"阿米娜塔说，"那里有五

我的世界：避风港试炼

块玻璃、三块黑曜石，你得捡起来，然后用工作台把它们和下界之星一起合成一个信标。"

"然后呢？"

阿米娜塔沉思了一会儿，继续解释："然后要把信标放到下界合金金字塔的顶部，下界合金金字塔是早就在那里的。完成之后，信标就会被激活，下界合金金字塔会随之打开一个传送门，进去之后，迎面就是铺天盖地的怪物。"

"那个传送门，"乔希姆问，"是怎么样的？"

"没什么特别的。"阿米娜塔说，"和沙漠里灵魂沙峡谷的传送门差不多，只不过这个是开在山里罢了。至于传送门的另一头是不是山，我就不确定了。感觉上不太像，那里什么东西也没有，只是无边无际的……虚空。我唯一记得的就是我落地的那个房间，因为我就是在那里被怪物打趴下的。"

乔希姆再次陷入沉默。我们骑着马经过了一群蜘蛛，它们本不该出现在荒原里的。路过时，它们还冲我们嗞嗞乱叫，似乎在挑衅。我们才不管它们呢，我和阿米娜塔没必要把仅剩的一条命浪费在微不足道的小事上。哪怕是遇到无主之人也通通被我们无视。我们只有一个目标，而这个目标已经距离我们越来越近了。说不定，赶在日落前我们就能赶到。

"那里有火把吗？"乔希姆问。

"什么？"

"火把。"乔希姆说，"你看到火把了吗？或者是石头？"

阿米娜塔思索了一会儿："可能有吧？我倒是看到楼梯了。

我还记得自己一直在往上跑，想要逃离那个地方，但身边反而出现了更多怪物，一直不断朝我扑来。"

"那你周围呢？是不是一片黑暗？"

"对，纯粹的黑暗。"她说，"往上爬的时候我还觉得，自己应该是在山里，在某个用洞穴凿出来的地方，类似于我们困住凋灵的房间。但是我又看见了信标，虽然还没爬到顶，但我确实看见了。这就很奇怪了，信标怎么可能出现在山的内部呢？它需要露天环境才能工作呀，不是吗？所以我感觉，自己更有可能是在外面，只不过周围……什么都没有。就好像是在月球上，周围是……真空？或者还有一种可能，我是在……"

"一座岛上？"乔希姆冷不防插了一句。

"对，没错！就好像是一座岛，然而周围没有水，只有……"

"黑暗。"乔希姆帮她把话说完，我感觉乔希姆无声地轻笑了一下。

"哦，我的天啊！"阿米娜塔忽然掉线一般站住了，一动不动。她终于将一直以来被自己忽视的小细节都拼凑了起来，也明白了第三试炼到底是什么。

"怎么了？"我问，"你知道我们要面对什么了吗？"

"知道了。"她说，"是末影龙。"

"如果你觉得凋灵是最棘手的怪物，那是因为你还没遇到过末影龙。

我的世界：避风港试炼

"山里的传送门并不通往无主之地，它所联通的根本就是另一个世界，那是末影人的故乡——末地，末地的中央岛屿则是末影龙的老巢。

"我现在反应过来了，上次我落地的位置应该是中央岛屿的底部。但这就很奇怪了，因为那个地方是不应该有怪物的，至少我从没在视频里看到过，也没听其他玩家说起过。不过换个角度想，那些怪物就是为了把你堵在下面的，如果你招架不住，就别想再去完成第三试炼了。落地即死亡。

"如果我们中有人能顺利突围，那么等在地面上的就将是怪物之首——末影龙。"

"哦，天哪。"乔希姆说，"现在要动真格了。"

我们来到了下界合金金字塔附近，造出来的信标就要放在那上面。我们迅速下马，周围环绕的群山和第一次见到时一模一样。天快黑了，不过没关系，我们会在怪物出现以前就离开这里。

我们很快就忙碌起来。下界合金金字塔旁有个箱子，正如阿米娜塔所言，里面装着五块玻璃和三块黑曜石。她拿出工作台，将玻璃和黑曜石摆好。我把下界之星放在地上，她捡起来将其安上去。只听噗的一声，一个信标生成了。

接着，她拿起这闪着蓝色光芒的小方块，一路爬到了下界合金金字塔的顶端，把它装了上去。

信标被激活了，不断发出低沉的回响，就像一艘即将起航的太空飞船。它放射出的光芒直指天际,伴随着令人头皮发麻的蜂鸣声,宛若鲸吟。与此同时,一个黑洞缓缓打开,耳边又响起了野兽般的嗥叫。

我浑身一哆嗦。

"没事的。"乔希姆说,"不会有东西跑出来的。"

然而我并不担心从里面跑出来的东西,我担心的是等在里面的东西。

阿米娜塔从金字塔上爬了下来,站在我们和小猫跟前。

"准备好了吗?"她问。

"嗯。"我应着,心里却没底。

"嗷呜。"闹闹也叫了一声。

"我准备好了,但是……"乔希姆说,"你不觉得,我们需要先制订计划吗?"

"比如?"阿米娜塔问道,"现在我们有三个人,其中两人还穿着钻石盔甲,我们大可直接从那群怪物中杀一条血路出去。等到了地面上,我们就去对付末影龙。"

"你知道怎么打末影龙吗?"

"和打凋灵应该差不多吧,往死里打就是了。"

"不不不。"乔希姆坚定地说,"那样我们肯定会死。听我说,我可能有个办法。"

"最好是个好办法。"阿米娜塔说。

"肯定好……听我说。"乔希姆说,"阿米娜塔,你上次去那边的时候,房间里全是末影人,对吗?"

"可能是的？"她的语气有些犹豫，"我当时只是想活下来，并没有看得太清楚。"

"但你还有印象吗？"

"有印象。"

"那里有别的怪物吗？"

"应该没有。"阿米娜塔想了一会儿说。

"呼——"乔希姆长舒一口气，"那就好办了！我们甚至都不用打，只要走出去就行了。"

"哦哦哦！原来是这样！"阿米娜塔和我过了一会儿才恍然大悟。

"没错。"乔希姆继续说道，"等过了传送门，我们就低下头，没人会来打我们的。只要一路盯着地面，我们就可以毫发无伤地走到地面上去。"

一阵沉默。

"这听起来也太……简单了。"我说，"怎么可能这么简单？"

"奥目是很狡猾，但肯定没我们狡猾，哈哈。"乔希姆说，"末影人之所以会在那里，是因为奥目觉得每一个过了传送门的人都会抬头张望。所以一旦你进了那个房间——嚯！到处都是末影人，他们越是攻击你，你就越会和他们对视，毫无喘息的机会。但如果你低着头……"

我终于明白过来，阿米娜塔想必也是。

"听起来是可行的。"我对阿米娜塔说。

"是啊。"她慢慢说道,"难以置信,我之前怎么没想到。"她抬头望着乔希姆,"或许,你才是该成为奥目的那个人。"

"那可不行。"乔希姆说,"你攒了很多经验值,应该是你才对。这是你努力的结果。如果没有你,茜茜和我不可能站在这里。而且,我会一直在你们身边给你们出主意的,我们是一个整体,忘了吗?"

信标还在不断嗡鸣,传送门也在召唤着我们。快到晚上了,无主之地的怪物又该出来了。

"好吧,关于末影龙,"阿米娜塔说,"我会告诉你们我所知道的一切。末影龙身边的那些信标和这种信标不同,那些叫作末地水晶,总共有十个,每个下面都有一根黑曜石柱,其中两根有铁栅栏保护。我听说,想要打败末影龙,最好的办法是先把十根柱子毁掉。"

"没错,整整十根哟。"乔希姆的声音听上去就像撞鬼了,"而且我们还不能离末影龙太近,它有多种攻击方式——末影龙火球、俯冲、冲刺、龙息。当它切换至栖息状态时,会免疫箭的伤害,只有等它飞到空中了才能用箭射中它。"

"行吧。"我说,"那我们算是完了。"

"倒也不一定。"阿米娜塔说,"箭可以用于摧毁末地水晶。此外,我们有三个人呢,不是吗?我们可以分工合作,一定能成功的!"

我其实很害怕,然而同伴们的斗志给了我信心,更重要的是他们让我看到了胜利的希望。

夜晚降临，敌对生物要开始活动了，我能看见不远处，它们出现时闪烁的光。

"我们得走了。"阿米娜塔说完，转向了乔希姆，"最后还有什么建议吗？"

"记住一定要低头看地！"他说，"如果我们能从那间房间里突围，就已经成功一半了。"

于是我们跨进了传送门，每个人的目光都牢牢锁在地上。

第二十八章

"别抬头看!别抬头看!"

世界崩塌成一片虚无后又再次展开,而我自始至终只对自己说了这么一句话。下一秒,我们就进入了一个房间里——就是阿米娜塔之前说的那个可怕的房间。周围的墙壁是灰绿色的,而我双眼牢牢盯住的地面则是黑色的黑曜岩。

野兽的嗥叫充满了整间屋子,和传送门打开时的声音如出一辙。我感觉背上有无数小蜘蛛在爬。

"别抬头看!"阿米娜塔说。我几乎能听见那四个字背后的恐惧。

所有人都低头看地,但能感觉到有东西在我们身边活动。黑色的四肢颀长而厚实,动如鬼魅一般绕着我们打转,呜呜的声响不绝于耳——是末影人。

我从未见过那么多末影人聚在一起。他们将我们紧紧包围,只要动一下都会撞到他们。还好,不到万不得已,他们也不会移动，我们只要保持静止就行。

"别动！"阿米娜塔再次发出警告，"等着……就好。"

于是我们等待着。过了一会儿，乔希姆问："有人看到别的什么怪物了吗？"

"没有。"我说，"只有末影人。乔，你是对的。"我想要抬头看他一眼，但还是在最后关头忍住了。

"好。"阿米娜塔说，"你们等着，我来找出口。"

阿米娜塔原地转了个圈，末影人也在她身边转了起来，仿佛感知到了她的存在。然而由于没有对视，他们并不能发动攻击。阿米娜塔转了一圈又一圈，目光始终落在地上。直到最后我看见，她的脚尖朝着某一方向停住了。

"就是这里。"她说，"每个人都面向我脚尖指向的方向，那里就是出口。"

我们照做了，大家都朝向了同一方向。当然，闹闹除外，他只是在我们身边晃悠着，随心所欲地嗷呜嗷呜叫。神奇的是，末影人们居然无视他。

"每次移动一格。"阿米娜塔说，"我不确定奥目对这个地方动了多少手脚，这里本不该有出口的。不过我们还是一格一格来吧，省得撞见什么'意外之喜'。"

我一路都低着头，跟随着阿米娜塔的钻石靴子移动。余光瞄到乔希姆的铁靴子，他也在以同样的方式跟着我，还有闹闹橙色的爪子。我们就这样一步一格地走了一会儿，很快就到了楼梯脚下。要开始往上爬了。

可楼梯旁却聚集了更多怪物,仿佛在恭候我们的光临。和房间里一样,这些都是末影人,然而他们并没有静止不动,而是在楼梯口附近来回游荡着。如果我们往上爬的时候他们正好下来,就一定会对视上。

"等等……等一下。"阿米娜塔说,"先看看他们要到哪儿去。"

我们站在原地,等着看他们是不是会走到楼梯上。如果真上去了,我们就得立刻转移视线。等待时,阿米娜塔问乔希姆:"你的小脑袋里还装着什么别的建议吗?"

"倒也没什么。"他说,"你呢?"

"对了。"阿米娜塔说,"那我们就来清点一下装备吧。大家的盔甲都还好吗?"

"好。"我和乔希姆异口同声地答道。

"很好。谁有弓?放到快捷栏里。箭倒是可以留在物品栏。"

我把弓拿了出来,放进快捷栏。阿米娜塔似乎也有一把弓,乔希姆也是。大家都做了同样的事。我又确认了一下,和凋灵一战后自己还剩多少支箭——不是很多了。

"现在,剑。越高级的越好。"

从德克兰箱子里拿来的那把钻石剑已经在我的快捷栏里躺着了,所以我只是确认了一下它的损耗程度。看起来还不错,只有一点点划痕,应该能撑住。

一个末影人忽然拖着脚走下楼梯,进入了房间。我们手上的动作骤停，每个人都僵住不动，直到他与我们擦肩而过后又往下走去。

"好了，熟食。"阿米娜塔继续说道，"如果有的话就放在手边。打怪可不是什么容易的事，我们得时不时补充一下饥饿值。"接着她查看了自己的物品栏，"坏了，我没有了。"

"给。"乔希姆边说边往地上扔了几块牛排和熟羊肉，"别抬头。"

阿米娜塔低着头捡了起来。

"好了，最后就是建筑方块和任意种类的药水了，还要一桶水。"

"哈？"我说，"好奇怪。"

"打斗的时候，万一有人不小心和末影人对视上了，水可以阻止他们靠近。"乔希姆说，"那上面会有更多末影人。"

"没错。"阿米娜塔说，"建筑方块是用来帮助我们爬到末地水晶顶部的。至于药水，它可以让你打得轻松一点儿。"

我们翻了翻各自的物品栏。阿米娜塔和我还有好些从山里挖来的石块，于是我们匀给了乔希姆一些。我没有水，乔希姆有两桶，他便分给我和阿米娜塔各一桶。阿米娜塔还有一瓶再生药水，那是凋灵之战前，她留在庇护所箱子里的。至于她随身携带的其他物品，在死过一次后就全没了。我还有她给我的抗火药水，那也是凋灵之战前她留在箱子里的。除此之外，我还有一瓶缓降药水和一瓶力量药水。乔希姆则什么都没有。

"嗯，这就够了。"阿米娜塔说。在我们都站到楼梯上等待时，她和我们说了余下的计划。

我们三个人需要完成三件不同的事。一个人负责摧毁末地水晶，一个人负责吸引末影龙的注意，然后再跑开——也就是当诱饵，那个人必须得擅长躲避和奔跑。最后一个人则负责在机会来临时对末影龙发起攻击。

阿米娜塔作为我们之中最好的弓箭手，选择去摧毁末地水晶。因此，我把从德克兰那里拿来的大部分箭都给了她，并决定要是我把剩下的箭用尽了，就用剑去战斗。乔希姆比我更擅长战斗，因此他决定去当攻手。于是我和他互换了剑，他用钻石的，我用铁的。我还把力量药水也给了他。为了以防万一，阿米娜塔又把再生药水也给了他。而我则给了阿米娜塔抗火药水，毕竟在击碎末地水晶时，末影龙一定会朝她吐龙息的。最后，诱饵一职自然而然落到了我身上。我把缓降药水留给了自己，因为我一定是那个最容易被末影龙追击的人。

交换完成后，我的快捷栏是这样的：一把铁剑、一副弓、二十二支箭、一瓶缓降药水、一桶水、七块熟羊肉、六十四块安山岩。

"好了。"阿米娜塔说，"记住计划就行。不要靠太近，也别在末影龙栖息时朝它射箭。等我摧毁完末地水晶就来加入你们的战斗。"她接着又对我说："尽可能躲到末影人后面，这样，末影龙朝你俯冲的时候就会撞到末影人。如果运气好，他们还会发怒,转而去攻击末影龙。"

她说完后,我重重地出了一口气……是因为放松下来了吗?并不是。我想,在完成第三试炼之前,我都不会松懈的。

"很好。"阿米娜塔宣布道,"现在,到地面上去吧。"

第二十九章

地面空旷无际,什么都没有。

和预想的一样,沿着楼梯走到顶后,迎接我们的是中央岛屿上无尽的黑暗,当然还有更多的末影人。野兽的嗥叫再度响起,我终于明白过来,那是末影龙的吼声。紧接着还多了翅膀拍打的声音,以及头顶掠过的巨大阴影,大到足够将我们三人笼罩其中。

末影龙在远处的十根黑曜石柱上空盘旋,发出的叫声让我心中的恐惧只增不减。

"记住,"正当我们缓慢前行时,阿米塔娜叮嘱道,"如果你被末影人包围了,就往地上倒水。如果受到伤害就吃东西,让血条快点儿升上来。加油,朋友们,我们一定会成功的!"

我们终于来到了黑曜石柱边。末影龙立刻发现了我们,并发出一声强有力的嗥叫。

"就是现在!"阿米娜塔大喊道。我们立刻散开到各自的

我的世界：避风港试炼

位置上。

作为诱饵的我首先朝着末影龙视线的方向冲去，这样它就能清楚地看到我。自始至终，我都让自己保持低头状态，以避免和绕着柱子乱跑的那群末影人对视。余光里，阿米娜塔已经在一根黑曜石柱旁就位了，她开始朝着柱子顶端闪着光的末地水晶射箭。乔希姆则躲在另一个很远的角落里，用石块修筑了一道墙，等末影龙一落下来，他就能从里面冲出去发起进攻。

"哟呼，小龙龙！"我试图吸引末影龙的注意力，"快来，看看我，我在这儿呢！"

末影龙似乎并没有听到我的声音，反而朝着阿米娜塔飞去，因为她刚刚摧毁了一块末地水晶。我赶紧拉弓射箭，超远射程的一记命中让我整个人都有些飘飘然，于是又补了几箭。

然而过了一会儿我才意识到，这么做不过是在浪费我的箭，因为末影龙会回血。我又想起乔希姆曾说过，在摧毁全部十块末地水晶之前，末影龙会不断自愈。

不过射出的箭也不是完全浪费了，因为末影龙终于将注意力转向了我。我准备好要逃跑时，却发现它并没有向我冲刺，反而栖息在了圆圈中心的一根矮石柱上，面朝我开始吼叫。

乔希姆立刻从他的藏身之处狂奔出来，跑到末影龙身后的视线死角里，跳起来完成五下攻击后又迅速跑回掩体后面，此时末影龙已经在转身找他了。

为了吸引末影龙的注意力，我又射出两支箭。箭落在龙背上，着了火，却没有对它造成伤害。不过和预想的一样，末影龙的注意力再度回到了我身上。它腾空飞起，朝着我俯冲下来。

我一定是错误估计了它的速度，抑或是我们之间的距离。上一秒，它还远在圆圈的中心，下一秒就已经出现在我眼前。

我只来得及喝下缓降药水，就被末影龙一记重击甩了出去。

我被抛到大概六七格高的地方才开始下坠，不过坠落的速度很慢，落地时我也没有受到伤害。但在半空中时，我一定是和一大群末影人对视上了，因为他们正等在我的落点处。

至少有两个末影人在我拿水的时候攻击了我，不过我一把水浇到地上，他们就四散开去，毕竟末影人不能在水上行走，只能绕着边缘转悠。我拔出剑结果了他们。然而在打斗的过程中，末影龙注意到了我，并朝我发射了两颗末影龙火球。

我躲闪的动作还是慢了一些，生命值往下掉了一点儿。我赶紧灌了一瓶抗火药水，试图止住伤害。然而不知怎的，药水没起作用，生命值反而骤然下跌。我这才注意到，火球的落点上已经铺开了一片紫色浓雾。是龙息！我立刻以最快的速度从上面跳开。

阿米娜塔已经摧毁五块末地水晶了。末影龙再度盘旋，

我的世界：避风港试炼

眼看就要冲她而去，乔希姆赶忙跳了出来开始射箭，企图分散末影龙的注意力。趁着这点儿空隙，阿米娜塔又射中一块末地水晶——第六块了！接着，她开始顺着其中一根柱子往上爬。

我注意到，那根柱子的顶部有铁栅栏，能保护其中的末地水晶不受箭的伤害。这样的末地水晶一共有两块。登顶后，阿米娜塔砸破栅栏，击碎末地水晶，然后迅速回到地面，向另一块末地水晶冲去。

就在阿米娜塔砸破第二根柱子上的栅栏时，末影龙忽然出现，不知道它是从哪里盘旋过来的。我们甚至来不及向阿米娜塔发出警告。

"小心！"我和乔希姆异口同声大喊道，可惜已经太迟了。末影龙用翅膀扫到了阿米娜塔，将她从石柱顶端拍落。没有喝缓降药水的她开始急速下坠。

然而阿米娜塔还是完成了异常精彩的操作。她先在半空中转过身，瞄准末地水晶射出一箭。正中目标，末地水晶应声爆炸。接着她再度转体，在落地前一瞬间丢下两块方块作为缓冲。

我能看到她撞上方块时受到的伤害，但那一定比直接掉到地上来得轻。她看起来没什么事，甚至已经转头准备摧毁剩余的两块末地水晶了。

此时，末影龙再次落地准备冲刺。我朝它射了一箭，好让它知道我在那里。

"嘿！"我说，"看我，我在这儿！"

末影龙朝我冲来。这次我早有准备，干净利落地躲开了撞击。等它再度回到空中时我又射出两箭，全都命中并造成了伤害。待我把手中剩余的两支箭都射出时，战斗的第一阶段就结束了。

"开始射击！"乔希姆喊道。战斗的第二阶段，我们三人全都拿出了弓箭。

我不知道我们还剩下多少支箭，也不知道有多少支箭命中了目标，我只知道所有人都在朝着头顶盘旋的末影龙疯狂射击。看起来，它已经受到了不少伤害——生命值差不多跌到一半了。末影龙再度落地，我们赶紧往不同方向散去，以免它同时追着三个人跑。末影人乱哄哄地围了上来，幸好并没有与我们发生对视。

这一次，末影龙选择去追击乔希姆，不过他完美躲开了。于是它再度盘旋升空，并朝着阿米娜塔吐出一大口火焰，将她困在了中间。我看见阿米娜塔迅速拿出再生药水喝下。先是从高处坠落，再是龙息攻击，她能活下来真是个奇迹！

末影龙又回到了栖息状态。乔希姆赶忙跑上前去，重击它的背部并造成大量伤害。末影龙一定是察觉到了，只听一声怒吼，它立刻转身朝乔希姆冲刺过去。又是一记迅猛的攻击，乔希姆就像我之前那样被抛到了半空中。可他并没有服用缓降药水，于是被狠狠地摔在了地上。

不好！

我的世界：避风港试炼

我能感觉到，他一定受到了巨大的伤害，也难怪他没有立刻站起来。风从他身上吹过，一点点卷走了他的生命值。

"快起来，乔希姆！"我冲他大喊，可他离我们实在是太远了，而我们已经没有时间了。

"继续射箭！"阿米娜塔很坚定，我只好转头回去对付这条顽固的末影龙。我们重新挽弓，让尽可能多的箭射到末影龙身上，同时还要躲避它发射出的火球。很快，箭就用光了。

阿米娜塔向我靠了过来，我俩同时抽出铁剑。

"等它栖息的时候，我们就从背后攻击。"我说，"就像刚才乔希姆做的那样。"待末影龙再次落地，我便向前狂奔而去，同时高喊着："为了避风港！"

阿米娜塔也跟了上来，口中高呼："为了奥目！"

手中的剑不断落下，一下、又一下，一下、又一下……我们造成了比之前几次都更高的伤害，末影龙的生命值很快掉到了四分之一。只差几下就能成功了！

可是末影龙忽然转过身，做出了要向我们冲刺的姿态。我们靠得实在太近了，完全来不及躲避。那干脆就不躲了吧，干脆就战斗到底吧。我和阿米娜塔坦然准备好迎接即将到来的重击。我记得自己的缓降药水已经失效了，如果这次再被抛到空中，就不会像上次那么幸运了。

可下一秒，乔希姆不知从哪里冲了出来。他的手中高举着钻石剑，朝我们飞奔而来，口中还呐喊着："为了我的朋友们！"

剑狠狠地刺入末影龙的身体，一下、两下、三下……我们和他一起，完成了对末影龙最致命的一击，造成的伤害值足以让它仅剩的生命值消失殆尽。末影龙发出了低沉的悲鸣，那声音久久回荡在空中。

随后，末影龙开始缓缓升起。它并未拍打翅膀，却依然不断上升着，仿佛一个天使。紫色的光束从它体内倾泻而出，照耀着四面八方，刺目的光划破了一切虚无，它的双翼和身体逐渐碎裂，直至消失在漆黑的空中。

"那是……？"

"我们……？"我已经语无伦次。

"第三试炼完成！"对话框弹出消息，"恭喜！"

"我们做到了！"阿米娜塔松了一口气，"啊，我们做到了！"

地上开始不断落下经验球和各种物品，阿米娜塔冲上前去将它们一一捡起。她终于有了足够的经验值，能够成为奥目了！无数星星在她身边骤然绽开，炫目的光将末影人消灭得一干二净。

"我成功了！"我听见了阿米娜塔的声音，"哈哈！我可以成为新一任奥目了！"她绕着岛屿奔跑，又跳又叫，身后留下了一串欢快的笑声。

紧接着——又是那个声音，一道新的传送门打开了，和带我们来到这里的门一模一样。只不过这次，门上还有一行字：欢迎来到避风港。

"准备好了吗？"乔希姆问，"去见你的朋友？"

我几乎把特芮斯忘得一干二净了。虽然她是我这段旅程的起点，但带我一路来到终点的却是我的新朋友们。当然，还有闹闹。

"我已经有很多朋友了。"等阿米娜塔回来后，我如是说道，"避风港不过是锦上添花。"

我们一起迈入了传送门，一起走向了一个全新的世界。

然而当我走出传送门时，周围却空空如也。我再次变成了孤身一人。

第三十章

茜茜没有在避风港继续待下去,主要有两个原因:

第一,无论眼前的景象有多么明亮美好,空气有多么新鲜,花草树木有多么葱郁艳丽,一切有多么久违,可说到底,这世界还是空的。并不是没有人的那种空,相反,茜茜周围来来往往的玩家络绎不绝,谈笑声不断,并且这里没有敌对生物,只有友好生物在悠闲地散步。然而没有了阿米娜塔,没有了乔希姆和闹闹,这世界就是空的。此外,尽管她知道自己很快就能和特芮斯见上面、说上话,可这份与旧友重逢的热情在三次试炼之后,已经被消磨得差不多了。此刻,她只觉得一切努力都是徒劳。如果没办法和帮助过自己的朋友们在一起,去避风港又有什么意义呢?

第二,当她坐在房间里出神时,阿爸走了进来,并让她放下手柄、摘下耳机。做完这一切后,阿爸递给了她一部手机。

"是你朋友打来的!"说这话时,他的眼里闪着愉快的光。

我的世界：避风港试炼

原来，社区里有人成功联系上了欧路麦德太太，并告诉她阿劳尔先生想要金戈先生最新的手机号码。通过这位中间人，手机号码最终从欧路麦德太太那里传到了茜茜阿爸的手机上。阿爸打了视频电话过去，先和自己的老朋友叙了快一小时的旧，才想起来打这通电话是为了让茜茜和特芮斯说上话。于是金戈先生把手机递给了女儿，阿爸也把手机拿给了茜茜，让她俩单独说话。

茜茜边举着手机边好奇地想，是怎样的命运才能让她同时在游戏和现实里与特芮斯相会啊。不过，这些现在也不重要了。此刻，那个她在游戏里为之竭尽全力的人就在眼前，然而她却并没有感到快乐，反而……

"嘿！"特芮斯在屏幕另一端打着招呼。和上次相比，她穿得没有那么隆重，也没有编复杂的辫子，被吹直了的头发松松地绾在脑后，仿佛为下一个造型做准备。她挥了挥手，手中还握着游戏手柄。看来她和茜茜一样，也是在玩游戏的时候被打断的。

"嘿，芮莎。"茜茜努力让自己不要听起来太漫不经心。

"我的天哪，茜茜，你怎么样？"特芮斯站起来，调整了一个更舒适的坐姿，"我们好久都没说上话了，这太疯狂啦！"

"是啊，我知道。"茜茜说，"是很疯狂。"

"事情会发展成现在这样，我感觉很不好。"她说，"都怪我爸爸，走之前没让我跟你告别，甚至都没给我们一起过个'好闺蜜的最后一天'之类的机会。到这儿来之后，想要联系上你还有其他以前的朋友就变得特别困难，因为我们到这儿后大概换了几百万次电话号码，而且咱俩之前还隔着八小时的时差！"她叹了口气，但又迅速振奋起来，"不过你来避风港了！我刚刚才知道。"

"是啊。"茜茜说。

"你不开心吗？我真等不及要带你去看看我哥哥的朋友为大家造的新基地了。我觉得银橡园跟它比起来简直是一团糟！不过别担心，我俩还是能一起造些独属于我们自己的东西的，全新的那种。每个人都能在避风港获得一席之地。"她顿了顿，"你的用户名还是原来那个，对吗？"

"是的。"茜茜说，"不过……"

"哦哦哦，太好了。"特芮斯说，她站了起来，拿过游戏手柄，看起来是又回到游戏界面上了，"别担心，我很容易就能找到你！那帮家伙——就是我哥哥的朋友们，你还记得吗？他们有特别多的技巧，只要用个什么很厉害的指令，就能找到任何想找的人。"

"太棒了，真厉害。"茜茜说，"听我说，芮莎……"

"是吧，我就知道！"她顿了顿，"等等，你是怎么完成那些试炼的？"

"这就是关键。"这回轮到茜茜炫耀了，"有人帮了我。"

"哦，新朋友，太好了！把他们也带过来吧。只要给我他们的用户名，我就能把他们全部……"

"我不会留在避风港的，芮莎。"

我的世界：避风港试炼

茜茜甚至没来得及阻止自己，那句话就这样从口中蹦了出来。

奇怪的是，特芮斯并没有如茜茜预想的那般失望。她只是愣着思考了一会儿，然后再度把游戏手柄放下，并调整了一下坐姿。她的屏幕开始抖动，看起来她好像是把手机放到了什么支架上，这样就不用一直拿着手机说话。

"为什么？"很久之后，特芮斯只问了这么一句话。

"我的朋友们，"茜茜说，"他们没能进到避风港里。他们不在的话，我也不想留在这里了。"

"哦，"特芮斯说，"那你知道是什么原因吗？"

茜茜耸了耸肩。

"所有试炼他们都通过了吗？"

这么一想，乔希姆只和她们一起通过了第二试炼和第三试炼，却并没有完成第一试炼。这一定是他没能进来的原因。

"但是另一个人完成了所有的试炼。"茜茜想到了阿米娜塔，"她攒了好多经验值，马上就会成为下一任奥目。"

"哦——"特芮斯说，"原来这是你队友！哇哦，恭喜！我都不知道，你身边居然还有这么一个大明星。不过，这也回答了你的问题，奥目是不能进入避风港的。"

"不能吗？"茜茜皱了皱眉头。

"不能。"特芮斯说，"这是……怎么说呢，这是违反规定的吧。他们只能作为管理者来管理服务器，仅此而已。不过也有可能，他们其实能来避风港，我不清楚。但我们是不应该知道奥目的真实身份的。为保持游戏平衡，他们必须始终匿名。不管怎么说，这就是你朋友没能来避风港的原因。她肯定已经成为奥目了。"

"那猫呢？"

"什么猫？"

"我们的猫——'幸运护身符'。"

"你不能把'幸运护身符'带到避风港来。"

"为什么不能？"

"因为你不需要呀。没人会在避风港里攻击你。只有无主之地上的人才需要提防来自别人的攻击，而这也正是'幸运护身符'的作用。带它来避风港，不就失去了这一切的意义了吗？"

茜茜沉思了一会儿。好吧，看来她并没有被骗。但是，接下来自己要和一群陌生人一起被困在避风港里却是不争的事实。除了特芮斯，她谁都不认识。这真的是她想要的结果吗？

"我想，我还是宁愿和他们在一起。"茜茜说道，语气中的肯定甚至将她自己都吓到了。

出乎意料的是，特芮斯点了点头说："我能理解。"

"你可以吗？"

"可以。"特芮斯双手抱住了膝盖，"刚搬来这里的时候，我特别特别特别孤单！我怀念以前的一切——宝石海岸、银橡园，还有你。有时候，只要想起我们过去的快乐时光，还

我的世界：避风港试炼

有我没能跟你告别这件事，我就会哭。单从将我们隔开的时区和距离上，我就能断定我们不可能做一辈子最好的朋友了。于是我迫切地想要认识新朋友，和他们一起出去玩。我希望他们能像你一样酷，像你一样让我感受到被爱。"

茜茜眨了眨眼睛，眼角湿润了。

"哈辛的朋友们告诉我，他们也玩《我的世界》，这是我在这个陌生世界里唯一熟悉的东西，于是我加入了他们。我和他们一起完成了所有试炼——唤魔者、凋灵、末影龙。他们竭尽所能帮助我来到避风港，我很喜欢这种感觉，这种被人在意的感觉。这让我想起了我和你共度的时光——我们一起玩耍，互相照顾。"特芮斯叹了口气，"所以我能理解，为什么你不想离开那些帮助过你的人，因为我同样也不想离开避风港。"

茜茜必须努力不让自己眨眼才能阻止泪水往下流。她看到特芮斯也在做着同样的事。

"但我还是想和你说声抱歉。"特芮斯用手背抹了一把眼睛，"有段时间，我太陶醉于避风港带给我的快乐了，所以把你给忘了。我们这么仓促地离开，你一定也很难过。我很抱歉，没有考虑到这一点。"

"我也很抱歉。"茜茜也擦了擦自己的眼睛，"我把银橡园毁了。"

"什么？"特芮斯的眼睛一下子睁大了。

"我到底说了什么？"茜茜这才意识到，自己不小心把秘密说了出来,"呃,就是那时候……"

"你把我们的基地毁了?"

"不是真毁了的那种毁了,就是稍微搞了点儿破坏。我当时太生气了,因为你就这么走了,还立刻就找到了新朋友,诸如此类的事情。所以我大概……也许……可能就把告示牌和一些方块给砸了……"

两人一阵沉默。忽然,特芮斯大笑起来。她笑得很久,又那么用力,手不停拍着大腿。不知所措的茜茜也加入了她。笑声重叠在一起,直到她们的眼睛里再次充满了泪水。

"呼!"特芮斯终于开口了,"好吧,这也太搞笑了。不过没关系,别担心,反正银橡园已经不复存在了。再说,银橡园这个名字本身就很荒唐,不是吗?"

"是啊是啊,"茜茜应着,"就是说,橡树怎么可能是银色的呢?它们是棕色的!"

"对吧!"两个女孩儿再度开怀大笑。

"所以,接下来怎么办呢?"特芮斯问,"你打算怎么办?"

茜茜还没有仔细考虑过。她不知道要去哪里找阿米娜塔、乔希姆,还有闹闹。但除了他们,茜茜不想再跟任何人或者任何猫一起玩《我的世界》了。

"我还不知道呢,"茜茜说,"可能去找我的朋友们吧。"

短暂的沉默后,特芮斯问道:"但我和你——我们也还是朋友,对吗?"

"当然！肯定是，直到永远。"

"好。"特芮斯清了清嗓子，"不过，想要当跨越了八小时时差的异国闺蜜也太难了！"

"是啊，不过或许我们也可以成为别的，比如说，笔友？"

"现在还流行笔友吗？"

"我不知道，可能不了吧？但我们可以创造独属于我们自己的东西，不一定只有在避风港才可以。"

"嗯，是啊！"

"阿妈说，友谊是永远不会消失的。"茜茜说，"她说，我们只是要为它们找到一个安放的地方。或许现在就是这样吧，或许这次需要找地方安放的人……是我们。"

特芮斯看起来陷入了沉思，接着她点点头："我觉得我喜欢这个想法。"

第三十一章

紧接着到来的周一对茜茜来说是全新的开始。走进宝石海岸中学的时候,她没有再像以前那样,期望着特芮斯能在身边,她也不再许下那些一起过完第一学年、一起长大的愿望。现在,只要她和特芮斯都平安快乐,有各自的朋友陪伴,她就会很满足。人生本来就是这样的。

不过,似乎还有些缺憾。她还没有和阿米娜塔以及乔希姆联系上,还没有告诉他们自己和特芮斯的事。

其中一半缺憾在晨会结束后被补上了。在回教室的路上,乔希姆一路小跑追上了茜茜。

"你好啊!避风港公民。"他打了声招呼,然后俩人击掌。

"我很抱歉你没能进来。"茜茜说,"周末的时候,我和特芮斯聊了聊。她说,应该是你没完成第一试炼的缘故。"

"嗯,我猜也是。"乔希姆说,"不过我无所谓。"

"无所谓吗?"

"是啊。我并不是为了去避风港才来参加试炼的。我来是因为你。"

我的世界：避风港试炼

"哦？"

"你当时看起来很想去避风港。我觉得如果能成功，你一定会很高兴的，所以我才会跟你一起。那时候，我们才刚成为朋友不久，我想着，这就是朋友之间会做的事吧，互帮互助，互相陪伴。"

茜茜点了点头。他是对的，这就是朋友之间会做的事。

"好吧，我想说的是，"茜茜说，"如果不能跟你和阿米娜塔一起玩，那我还不如回到无主之地呢。避风港连一只闹闹都容不下！"

"是啊，我带着他呢。"乔希姆说，"我和他被拦在外面了。等我意识到发生了什么之后，就带他回到了我们最后造的那个庇护所里，等着看你俩会不会出现。"

"那你们就在那儿等着吧，我会回来的。然后我们就可以去找阿米娜塔奥目阁下了。"

他们笑了起来。

"不过，你俩不在还是挺无聊的。"乔希姆说，"没有你们，我也不想继续玩了。而且，德克兰和他的手下还在外面呢。"

"除非……新任奥目能够针对他们做点儿什么。"茜茜摸了摸下巴，"我们得尽快找阿米娜塔聊聊。"

这一天就这么波澜不惊地过去了。茜茜发现，之前让她头疼的那几门课其实也没那么难，而且她现在已经摆脱了忧愁的枷锁，心思也不再被烦恼占据。她开始全神贯注地听讲，课堂表现越来越好。阿爸阿妈一定会倍感自豪吧！茜茜都为自己感到骄傲。

晚些时候,老师告诉大家窗边有个座位空出来了,并询问有谁想要调过去。茜茜站起来申请了那个位置,这个举动把她自己都吓了一跳。将东西搬过去,再挨着窗口坐下,真是奇怪的感觉。现在,她正式成为了一名"窗边者"——她不会再隐藏自己了。

其他事情也在不断变好。午休的时候,她和乔希姆在餐厅的老地方坐着,奥弗尔从他们身旁经过并打了声招呼。只有她自己一个人,往常陪在她身边的那群朋友都不见了。茜茜和乔希姆回应了她的问候。就在她要离开时,茜茜开了口,问她想不想坐下来一起聊聊天儿。奥弗尔思索了一会儿,然后笑了。她真的笑了,那是茜茜从未见过的模样。

最终,她还是婉拒了邀约:"下一次吧。"她说完便走到另一群人中间坐下。不过茜茜还是觉得这是个好的开始。

然而周一的惊喜还没有结束。放学后,茜茜和乔希姆在停车场等候区坐着。乔希姆忽然收到了一条短信,里面有一串坐标和一条留言:

"爱玩就来吧!诚邀您前往避风港2.0,无须徒步跋涉,因您已不再受到原无主之地规则的限制。您可以选择飞行、传送、骑马等任何方式——不过,请务必前往。您最亲爱的奥目。飞吻。"

"是阿米娜塔!"乔希姆惊叫着,咧嘴笑了起来,可忽然又停下,"你也收到短信了吗?"

我的世界：避风港试炼

"我没有手机，忘了吗？"茜茜说，"不过别担心，我回家之后会去游戏机上看看的，她有时候会在那里给我发消息。"

"如果你没收到的话，告诉我。"他说，"我会让她也给你发一条的！"

当茜茜回家冲进休息室打开游戏机时，一模一样的消息、一模一样的坐标正静静躺在那里。她迫切地想知道"避风港2.0"到底是什么，于是她立刻戴上耳机，拿起游戏手柄。希望那里不要再有怪物了吧，敌对生物、战斗、征服和试炼早已让她精疲力竭。现在，她只想和朋友们一起放松地玩耍。

这样想着，她再次进入了《我的世界》。等在前方的会是什么？她对此充满了好奇。

这是个陌生的地方。

连绵起伏的土地一望无际，乍一看，还挺像那片荒原。这让我想起第一次玩游戏时出生的地方，二者有着惊人的相似之处。我又定睛一看，才发现这就是同一片荒原，只不过这里现在已不再"荒"了。相反，绵延不绝的山丘铺满了绿色，满眼都是花草树木，还有日光！纯净的、不带一丝杂质的、明亮的日光，和我刚去避风港时看到的一样。

接着，我看见了他。一团蹦蹦跳跳的橙色，欢天喜地朝我奔来。

"闹闹！"我大声惊叫，迎向他时才想起来，得先喂鲑鱼才能摸他。我点开物品栏，却发现里面是……空的。

没有盔甲，没有材料，没有武器……什么都没有。和我初到无主之地时一模一样。想来还真是有趣，什么都变了，可是又好像什么都没变。

"嗷呜。"闹闹叫了一声。

"这叫声倒是一直没有变啊。"说着，我笑了起来。

乔希姆忽然闯进我的视线。他没有穿铁盔甲，而是穿着一身简单的衣服。我低头看了眼自己，才意识到我的盔甲也被换成了普通的服饰。整趟旅程唯一的幸存品就是从德克兰那里拿来的彩色脑袋，现在还戴在我头上。

"是时候了。"乔希姆说，"快来，阿米娜塔就在山的那边。"

我们翻过山坡，看见阿米娜塔正注视着一大堆箱子。几格之外是一片干净的湖泊，湖面在阳光的照映下熠熠生辉，湖对岸的陆地则向远方延伸开去。我能看到好几只鱿鱼在湖里一开一合地游动着，就像长了眼睛的海绵，湖边还停泊着一艘木船。闹闹急急忙忙跑过去，眼巴巴地盯着湖里游来游去的鲑鱼和鳕鱼。

阿米娜塔抬头看见了我们。她的穿着和凋灵之战后我在庇护所里看到的一模一样，头发也是同样夺目的蓝色。

"欢迎来到避风港 2.0。"她用力挥舞着手臂，"你们觉得怎么样？"

我的世界：避风港试炼

"你是把整片沙漠都移除了吗？"我问道。

"没有，只是把沙漠缩小成了一个小小的角落而已。"她说，"还有你，你好呀！"

"抱歉抱歉，我实在是太震惊了。很高兴见到你！之前我还在想，打完末影龙之后你到哪里去了？"

"简单来说就是变成奥目了。我先是在那个世界里被抹除了，紧接着就获得了所有服务器和模组的控制权。不过倒是没见着上一任奥目，只听见那人说：'钥匙交给你了，出发吧。'还挺酷的。现在，我可以做任何想做的事了！"

"真的吗？"

"真的。不过，我也不想啥事都做，不想成为一个自私的人。我希望这个地方能合大家的心意，而不仅仅只是我的。"

"你要怎样才能知道大家的心意呢？"乔希姆问。

"单靠我一个人不行。"阿米娜塔说，"所以我才把你们都叫了过来。"她转身面向背后那一片无垠的草原，"以后我们会一起做决定，就在我们的基地里。"

"基地？"我问。

"没错。"她说，"就建在这里。虽然我可以直接生成，但那就会变成我的基地了。我还是希望大家能一起收集材料，一起搭建。这些随机生成的箱子里的东西，我们也可以随意取用。别担心，就连我也不知道里面有啥。"

"听起来很好玩儿。"乔希姆说。如果游戏允许，他现在一定在搓手了。

"跟拼了命完成试炼才能获得的那种生活比起来,这显然要好太多了。"阿米娜塔说,"这也是为什么,我又重新给了所有人使用传送的权限,甚至还开放了飞行。当然,日夜还是会更替,敌对生物之类的东西也依旧存在着,但如果你不想战斗,你就可以不战斗。试炼也取消了。任何人,只要想,都能来摸一摸、喂一喂闹闹。"

"那德克兰和他的手下怎么办?"乔希姆问道,"他们还在这个世界里,对吧?虽然他们的靠山,也就是上任奥目已经走了,但我们之前拿走了他们那么多东西,他们应该还在生气吧?"

"确实。"阿米娜塔说,"如果事情发展到不可挽回的地步,那我们就和从前一样,一起去面对他。不过现在世界已经变了,所以我希望德克兰也能改变。既然不用再担心受到别人的攻击,说不定我们根本不需要再和他吵架或者大打出手。他大可以直接把所有钻石和藏品都搞到手,只不过得用老一套的方法了——先找,再挖。"

阿米娜塔转而注视着被她划为基地的那块土地。"等基地造好后,每个人都可以来这里,包括德克兰!我会把大家想要的东西都加到游戏里。当然,我们也要四处走走,更多地了解这里,再利用我们所学到的一切,让这个地方变得更加美好。这不仅仅是我们的天堂,也将会是所有人的天堂!"

"为什么?"我问。

"什么?"

"为什么是天堂?"

阿米娜塔沉思了一会儿,开口说道:"因为《我的世界》就该是一个好玩儿的地方。我已经战斗了太久,现在是时候和我的朋友们一起,去一个美好的世界里放松一下了!"

她简直道出了我的心声。这就像是一个新的银橡园,然而它又是自成一体的、独一无二的,它是完美的!

"那我来帮你。"我边说边打开了一个箱子,"首先,我们得做一张地图……"

太阳渐渐向地平线沉去,很快就要日落了。随后夜晚将会降临,怪物也会开始出没。然而黎明总会带来崭新的一天,那里将有欢声,有笑语,有朋友,有避风港2.0。那将会是我们崭新的天堂。

致　谢

真诚感谢所有帮助这一切变成现实的朋友们：艾迪·施耐德，我的经纪人；亚历克斯·戴维斯，与我一起写故事、一起冒险的好搭档，也是此次项目的编辑；亚历克斯·威尔特史尔，以及其他来自魔赞团队的支持。没有你们就不会有这本书。

真心感谢我的家人和朋友们，谢谢你们在疫情期间还如此支持我写这本书！达米，我的妻子，你总在我玩了数小时游戏并向你狡辩"我只是在收集资料"后捂嘴偷笑，谢谢你的笑容；我的组员，也是和我一起玩《我的世界》的朋友，谢谢你们陪我在游戏中重现并调整书中的剧情；还有我十几岁的弟弟，第一个和我一起玩《我的世界》的人。

最后，我要感谢曾经的自己，感谢那个在玩游戏时总会因为夜晚以及夜间怪物过早出现而怒气冲冲的少年。

关于作者

苏伊·戴维斯,来自尼日利亚,现居加拿大渥太华,是一位奇想和科幻小说作家。他的作品主要面向青少年,最新一部作品为《我的世界:避风港试炼》。